荒野求生

绝地特种兵

[英] 贝尔·格里尔斯 著 雪氤 译

亚马孙迷踪

BEAR GRYLLS

湖南文艺出版社
HUNAN LITERATURE AND ART PUBLISHING HOUSE

小博集
BOOKY KIDS

For the Work currently entitled *GHOST FLIGHT*
Copyright © *Bear Grylls Ventures 2015*
Translation copyright © 2024, by China South Booky Culture Media Co., LTD

著作权合同登记号：图字 18-2023-146

图书在版编目（CIP）数据

亚马孙迷踪 /（英）贝尔·格里尔斯著；雪氤译
. -- 长沙：湖南文艺出版社，2024.4
（荒野求生·绝地特种兵）
ISBN 978-7-5726-1549-8

Ⅰ．①亚… Ⅱ．①贝… ②雪… Ⅲ．①儿童小说－长篇小说－英国－现代 Ⅳ．① I561.84

中国国家版本馆 CIP 数据核字（2024）第 013827 号

上架建议：儿童文学

HUANGYE QIUSHENG · JUEDI TEZHONGBING · YAMASUN MIZONG
荒野求生·绝地特种兵·亚马孙迷踪

著　　者：[英] 贝尔·格里尔斯
译　　者：雪　氤
出 版 人：陈新文
责任编辑：匡杨乐
监　　制：李　炜　张苗苗
策划编辑：马　瑄
特约编辑：杜天梦　杜佳美
营销支持：付　佳　杨　朔　付聪颖
版权支持：刘子一　王媛媛
封面绘图：孟博林
版式设计：马睿君
封面设计：霍雨佳
内文排版：金锋工作室
出　　版：湖南文艺出版社
　　　　　（长沙市雨花区东二环一段 508 号　邮编：410014）
网　　址：www.hnwy.net
印　　刷：三河市中晟雅豪印务有限公司
经　　销：新华书店
开　　本：875 mm × 1230 mm　1/32
字　　数：179 千字
印　　张：11.25
版　　次：2024 年 4 月第 1 版
印　　次：2024 年 4 月第 1 次印刷
书　　号：ISBN 978-7-5726-1549-8
定　　价：32.00 元

若有质量问题，请致电质量监督电话：010-59096394
团购电话：010-59320018

谨以此书献给我已经去世的祖父威廉·爱德华·哈维·格里尔斯准将，他曾被授予大英帝国勋章，在第十五／十九国王皇家轻骑兵队服役，是标靶特别行动组（Target Force）的指挥官。

虽然他已离我而去，但我会永远记得他。

作者的话

　　这本书的灵感来自我的祖父，威廉·爱德华·哈维·格里尔斯准将，他获得过大英帝国勋章，隶属于第十五/十九国王皇家轻骑兵队。第二次世界大战结束之际，温斯顿·丘吉尔命令组建了标靶特别行动组，我的祖父便是这个迄今为止最神秘的行动组的指挥官。该行动组的任务是保护秘密技术、秘密武器和科学家，追查纳粹高官，为西方国家服务，打击新的敌人。

　　直到他死后，一些机密文件在满足了《官方保密法》"七十年解禁原则"后得以公开，我们一家才知道他作为标靶特别行动组指挥官的这一秘密身份。本书的创作正是基于这一发现。

　　我的祖父是个沉默寡言的人，但我从懂事起就记得他非常慈祥，我记得他爱抽烟斗，总是一副神秘莫测的样子，喜欢讲冷笑话，深受他下属的爱戴。

　　不过对我来说，他始终是我的泰德爷爷。

目　录

第 一 章

黑沙滩监狱

威尔·耶格缓缓睁开双眼。

他的睫毛一根根分开，竭力挣脱那连成一片的厚厚的血痂。每当有一根睫毛成功挣脱，就会有一小块破碎的血痂崩出去，他那充血的眼球看起来就像破碎的玻璃。明亮的光线火辣辣地灼烧着他的视网膜，就像激光在直射他的眼球。但是，是谁？谁是敌人？那些折磨他的人吗？他们究竟在哪儿？

他一点都记不起来。

今天是星期几？现在是哪一年？他怎么到这里来

的？这究竟是哪儿？

双眼被阳光刺得生疼，但他的视力总算一点点恢复了。

第一个闯入耶格视野的是一只蟑螂，它看起来模糊、怪异又陌生，吸引了耶格的全部注意。

他感觉自己似乎正侧着头躺在水泥地上，头上还覆盖着一层厚厚的棕色泡沫，天知道这些泡沫是什么东西。他眼看着那只蟑螂爬过来，似乎下一刻就要钻进他的左眼窝。

这只讨厌的蟑螂轻轻向他伸出触角，却在最后一刻闪出他的视线，从他的鼻尖飞速掠过。

耶格感觉到那只蟑螂正沿着他的脸向上爬，最后停留在左太阳穴附近，那个部位远离地面，周围什么都没有。

蟑螂伸出前腿和下颚四处摸索，好像在寻找什么，或者品尝什么。

耶格感觉到它正在用它独有的方式啃咬自己的身体，他仿佛能听到蟑螂那锯齿状的下颚在撕开一块块腐肉时发出的低沉的"喳喳"声。他吓得尖叫，可是却听不到任何声音；他能感觉到还有几十只蟑螂也爬了过来，就好像他早就死了似的。

耶格强忍着恶心，脑海里闪过一丝疑惑：为什么他听不到自己的尖叫声？

他拼尽全力动了动自己的右臂。

尽管只是一个微不足道的动作，他仍然有种在撬动整个地球的感觉。胳膊每抬起一厘米，他的肩膀和肘关节都会痛苦地呻吟，一点微小的努力都会让他的肌肉止不住地痉挛。

他感觉自己变成了废人。

在他的身上，到底发生了什么？

他们对他做了什么？

他咬紧牙关，靠着强大的意志力，努力把手臂抽出，挪向自己的脑袋，又用手拽自己的耳朵，拼命地抓挠。他的手指摸到了几条腿——是那些生满了尖刺和鳞片的蟑螂的腿。它们拼命挣扎，想钻进耶格的耳朵里。

快点把它们弄出去！把它们弄出去！快把它们弄出去！

他想吐，可是肚子里什么都没有。他只有一副濒死的躯壳，干巴巴地包裹着他的胃壁、喉咙、嘴巴，甚至他的鼻孔。

哦，见鬼！还有鼻孔！蟑螂正拼了命地往里钻。

耶格又尖叫起来，这次叫得更久更绝望。我不要这么死去。求求你，老天爷，不要这样……

他的手指不停地抓挠着自己脑袋上的孔窍，拼了命地想把蟑螂赶走。蟑螂愤怒地挣扎，不断地发出"嗞嗞"的声音。

也不知过了多久，他的听觉终于慢慢恢复了。那血淋淋的耳朵最先听到的是自己绝望的惨叫声，然后他渐渐意识到除了自己的惨叫声，周围还有其他声音，那声音比这几十只想要吃掉他脑子的恶心昆虫还让人恐惧。

那是一个人的声音。

这个声音低沉、残忍，以他人的痛苦为乐。

声音来自这座监狱的看守。

看守的声音帮他找回了记忆。这儿是黑沙滩监狱——一座仿佛坐落在世界尽头的监狱。被送到这里的人都要遭受惨无人道的折磨，然后凄惨地死去。耶格因为一个莫须有的罪名被送进了这座监狱，从此可怕的噩梦就降临到他的头上了。

比起清醒着面对这个地狱，耶格觉得倒不如昏迷过去，毕竟什么都比连续几星期被困在这个可怕的囚牢里好得多。不，或许应该说这里是他的坟墓。

耶格急切地希望自己的心能再次溜走，回到曾经那个庇护过他的柔软、无形、多变的灰暗世界中去，但是现实容不得多想，他又被拉回了这个痛苦不堪的世界。

他缓缓停下了右臂的动作。

手臂自然垂落到了地上。

他不再挣扎，任由蟑螂撕咬他的头。

即使被蟑螂咬死也比面对现实好得多。

然后，那个声音的主人开始行动了。他将一盆冰凉的液体狠狠地泼到了耶格的脸上，如同海里的大浪。只可惜气味完全不同，这股液体没有海水那令人舒爽的纯净气息，有的只是令人作呕的恶臭味，就像很久没有清洗过的尿盆的臭味。

折磨他的人又开始大笑。

这可真有趣。

把自己尿盆里的尿泼到犯人脸上，还有比这更好玩的吗？

耶格将臭气熏天的尿液吐出去，又眨了眨灼痛的眼睛，抖掉眼里的污浊液体。至少脑袋上的蟑螂都被恶臭的尿液赶走了。他努力思索着，想用最恶毒的词语咒骂这个看守，证明自己还活着，还能反抗。

"去你……"

耶格张嘴开始咒骂。虽然他知道，咒骂肯定会招来新一轮的暴打，那根打他的软管更会让他本能地产生恐惧心理，但是如果不反抗，他就死定了。他只能抵抗到底。

可是他后面的话还没来得及说出口，就被另一个声音打断了。这个声音特别熟悉，而且是那么亲切友好，以至于耶格顿了很久，以为自己在做梦。声音一开始很柔和，渐渐变得嘹亮雄壮起来；这是一段战歌，节奏轻快，让身处绝境的人心生希望……

我死，我死，我活，我活。

我死，我死，我活，我活！

耶格在任何情况下都能认出这个声音。

是塔卡瓦西·拉法拉，他怎么会在这里？

他们曾经一起参加过英国陆军橄榄球赛，而球赛前的毛利人战舞，一向是由拉夫[1]领头。拉夫总是潇洒地扯下衬衫，攥紧拳头，挥舞着像攻城槌一样坚硬的手臂，迈着像柱子一般壮实的腿豪迈地冲向前方。他的队友们——包括耶格——则围绕在他的周围，与他一起舞动双拳捶打着自己厚实的胸膛，向对手展示己方队伍的勇猛无畏和势不可当。

在最前面的拉夫总是瞪圆双眼、伸长舌头，面目狰狞地向对手吼："我死！我死！我活！我活！"我会死吗？我会死吗？我能活吗？我能活吗？

拉夫在战场上百折不挠、勇敢坚毅，是那种可以放心托付的可靠战友。作为毛利人，拉夫注定要成为皇家海军陆战队队员。他与耶格随着自己隶属的部队转战

---

① 拉法拉昵称为拉夫。——译者注

世界各地，是亲密无间的好兄弟。

耶格努力地转动眼珠，看向右边战歌传来的方向。

他眼角的余光清晰地瞥到了站在牢房栅栏另一边的那个高大魁梧的身影。就连看守在他面前都显得矮小了许多。他脸上的笑容就像一道阳光，划破了那仿佛永无止境的黑暗风暴。

"拉夫？"耶格粗声粗气地喊了一声，声音中带着犹疑和难以置信。

"对，是我。"那个人笑着说，"伙计，你看起来糟糕透了！和上次我把你从阿姆斯特丹酒吧拖出来的时候一样。还有，你最好把自己拾掇干净了。我是来接你的，接你离开这里。我们将乘坐英国航空公司的飞机前往伦敦，而且是坐头等舱哟！"

耶格沉默了。他该说什么呢？拉夫怎么可能会来这里，还近在眼前？

"该走了，伙计！"拉夫提醒道，"小心莫乔少校突然改变主意。"

"啊，鲍勃·马利！"看守狭长的眼睛眯成了一条缝，闪着凶光，脸上挤出一丝虚伪的笑容，"鲍勃·马利，你可真爱开玩笑。"

拉夫咧嘴笑了起来。他是耶格见过的唯一一个笑起来能让人毛骨悚然的人。

看守叫拉夫"鲍勃·马利"，肯定是因为他的发型——梳长发辫是毛利人的传统。正如许多人在橄榄球场上了解到的那样，拉夫不喜欢那些对他的发型心存偏见的人。

"打开牢门！"拉夫恼怒地说，"我和我的朋友耶格先生要离开了。"

吉普车载着他们驶离了黑沙滩监狱，拉夫这才趴在方向盘上，拿了瓶水递给耶格。

"喝吧，"他伸出大拇指，指了指后座，"后面冰箱里还有很多。你需要补充水分，我们还得折腾一天呢……"

随后拉夫陷入了沉默，专心致志地开着车。

耶格也没有说话。

在监狱里待了几个星期，他的全身都火辣辣地疼，关节稍微动一动就让他痛苦得想尖叫。他觉得自己仿佛在那间牢房里待了一辈子，上一次这样乘车兜风，全身沐浴在比奥科岛灼热的阳光中，好像是上辈子的事了。

车子每颠簸一次，他的身体就会控制不住地疼得发抖。他们沿着海边的一条狭窄的柏油路走，这条路通向马拉博——比奥科岛上最重要的城市。在这个非洲小岛上，公路非常稀少。

拉夫伸手指了指汽车仪表盘，说："那儿有副墨镜，兄弟。不舒服就别硬撑着。"

"我好长时间没见过太阳了。"

耶格用力打开杂物箱，拿出一副奥克利牌的墨镜，认真看了一会儿，揶揄道："假货？你这个吝啬鬼倒是一点没变。"

拉夫大笑着说："勇者必胜！"

耶格面容憔悴，艰难地挤出一丝笑容。太疼了——他好像已经很久没有笑过了，这个微笑的动作似乎能将他的脸撕成两半。

耶格本来以为自己永远也不可能走出那个牢房。身边在乎他的人根本不知道他在哪里。他确信自己会无声无息地死在黑沙滩监狱，慢慢被大家遗忘，就像以前的那些被扔到海里成为鲨鱼养料的尸体似的。

他根本不敢相信，有生之年自己还能获得自由。

看守带着他们走过阴森森的地下室，墙壁上到处都是斑驳的血迹。刑讯室和垃圾房都设在地下室里，那些在牢房里死去，准备扔进海里的尸体也临时存放在这里。

耶格搞不清楚拉夫用了什么办法，居然让他重获自由了。

没有人可以活着离开黑沙滩监狱。

没人可以。

"你怎么找到我的？"耶格打破了沉默。

拉夫耸耸肩，道："这并不容易。除了我，还有费尔尼、卡森，他们都出动了。"他笑了笑，接着说："你这个给大家添麻烦的家伙，是不是很开心啊？"

耶格耸耸肩："我本来以为莫乔少校是个不错的家伙，好到让你想把妹妹嫁给他。"他盯着魁梧的毛利人，继续问："但是你到底是怎么找到我的？为什么……"

"兄弟，只要你需要，我永远在你身边。况且……"拉夫的脸色一下子阴沉起来，"伦敦那边需要你。有项任务指派给了你和我。"

"任务内容是什么？"

拉夫的表情变得更加阴沉："等我们离开这里，我会向你介绍情况——在这之前不会有任务。"

耶格仰头喝了一大口水。比起在黑沙滩监狱里为了活命喝的臭水，瓶子里的水简直像甘露一样清凉、美味。

"那么下一步怎么办？你把我从黑沙滩监狱救了出来，但这并不意味着我们能顺利离开地狱岛。他们习惯把这一带叫作地狱岛。"

"我知道。我和莫乔少校约好了——咱俩一登上前往伦敦的航班，他就会得到第三笔报酬。不过，我们不会乘坐那趟航班。他正在机场等着抓我们回去呢。他会说是我把你从黑沙滩救了出来，然后我们又被他抓了回去。这样一来，他就可以拿到两笔钱——一笔来自我们，另一笔来自上级。"

耶格颤抖着。大约一个月前，比奥科岛发生了一起政变。政变虽然最终失败了，但雇佣军还是攻占了赤道几内亚的另一半领土——比奥科岛是赤道几内亚的首都所在地，而这个国家的另一半领土位于非洲大陆，与比奥科岛隔海相对。

由于这次事件，比奥科岛开始逮捕岛上本就不多的外国人，耶格刚好是其中之一。人们在他租住的地方发现了他当兵时留下的奇怪纪念品，这被认为是他参与这次事件并充当内线的证据。但耶格真的是无辜的。他来比奥科岛完全是另一个原因，可惜没有人相信他，他被关进了黑沙滩监狱。莫乔少校拼了命地折磨他，逼他认罪。

耶格戴上了墨镜。"你说得对，我们永远也不可能从机场逃走。你有其他计划吗？"

拉夫看了他一眼，说："我听说你在这里工作，在岛的最北边的一个村庄里做英语老师。我之前拜访了那个村庄。那里很多渔民都觉得你是地狱岛上最好的人，因为你教孩子们识字读书，比那些当官的强多了。"他停顿了一下，接着说："渔民们为我们准备了独木舟，这样我们就可以逃到尼日利亚了。"

耶格想了一会儿。他在比奥科岛上待了将近三年，对当地渔民的生活非常熟悉。乘独木舟穿越几内亚湾，应该是可行的。

"大概得划三十千米，"他说，"渔民们在天气晴朗的时候，有时会划船过去。你有地图吗？"

拉夫指了指耶格脚边的一个小手提包。耶格忍着剧痛，伸手拿起那个小包，仔细翻看里面的东西。他找到了地图，开始认真研究。比奥科岛坐落在非洲的几内亚湾，是一个丛林密布的小岛，长不超过一百千米，宽五十千米。

岛的西北边是喀麦隆，这是离比奥科岛最近的国家，再往西走是尼日利亚。如果向南走两百千米，就是赤道几内亚的另一半领土。

耶格说："喀麦隆更近点。"

"那么，去喀麦隆还是尼日利亚？"拉夫耸耸肩，"现在去哪里都比待在这儿好。"

"离太阳落山还有多久？"耶格问，他的手表在他进黑沙滩监狱之前被人抢走了。"在黑暗的掩护下，我们可能更容易逃。"

"六个小时。你最多能在酒店里待一个小时，把身上的脏东西洗掉，然后喝点水。你必须补充水分，不然你根本熬不过去。就像我说的，今天还有得折腾呢。"

"莫乔知道你住在哪家酒店吗？"

拉夫哼了一声，道："根本没必要隐瞒。这么小的一个岛，什么事都藏不住。这么说起来，这里倒是有点像我家……"他的牙齿在阳光下闪闪发光。"莫乔暂时不会来招惹我们，至少几个小时内不会。他还等着查第三笔款到没到账呢，等他反应过来，我们早就跑远了。"

耶格拿起瓶子，逼着自己大口大口地喝水，他的喉咙干得都快冒烟了。但糟糕的是，他的胃似乎已经只有核桃那么大了。在那个监狱里，就算不被殴打、折磨，他也很快会被饿死的。

"教一群孩子读书。"拉夫笑着说，"你到底想干什么？"

"就是教书。"

"好吧，教书。你真的没有参与政变吗？"

"他们也在不停地问我这个问题，为了得到想要的答案而不停地殴打我。你这样的人正好适合为他们做事。"

"好吧，你就是在教书，在一个不起眼的小渔村里教英语，这总行了吧?"

"我是在教书。"耶格凝视着窗外，脸上的笑容瞬间消失不见，"另外，如果你一定要知道的话，我其实只想找个地方藏起来，好好想想自己的事情。比奥科岛偏僻落后，正好合适。我根本没想到会有人找到我。"他顿了顿，接着说:"事实证明我错了。"

酒店里的短暂休整让耶格养足了精神。他洗了三次澡，从身上流下来的水才差不多变干净。

他又逼着自己灌下一瓶生理盐水，将野蛮生长了五个星期的胡子简单刮了刮，当然不可能把胡楂都刮干净。时间不允许。

该做的事做完，他习惯性地打量了一下自己，竟然没有受太多伤。他今年三十八岁，在这座小岛上一直保持着健康的生活方式。在这之前，他还在军队里待了十年。被扔进监狱时，他身体非常健康。或许正因为这个原因，他才能相对完好地走出黑沙滩监狱。

他估计自己断了几根手指，脚趾也一样。

但并没有什么恢复不了的伤。

他急急忙忙地换了套干净衣服，拉夫就带着他上了一辆 SUV，车子向东钻进了茂密的热带丛林。起初，拉夫弯着腰趴在方向盘上，像个老奶奶一样开车，最高时速 30 英里^①。他这样做是为了看是否有人跟踪。在比奥科岛，少数能买得起车的人似乎都喜欢像从地狱里出来的蝙蝠一样横冲直撞地开车。

如果有车紧跟在他们后面，拉夫就会瞬间加速，将后面的车远远甩开。

等到他们拐上一条通往东北海岸的小土路时，路上已经没有车了。

莫乔少校肯定以为他们会从机场离开。因为从理论上讲，根本没有其他办法能够离开这个岛——除非你想在热带风暴和比奥科岛周围的鲨鱼群中碰碰运气。

很少有人会这样做。

———————

① 英美制长度单位。1 英里 ≈ 1.609 千米。——译者注

第 二 章

重返魔窟

易卜拉欣酋长指着费尔诺村的海滩方向。因为离得足够近，海浪的声音可以轻松穿透小屋薄薄的泥巴墙。

"我们已经准备好了独木舟，也备足了饮用水和食物。"酋长停下来，拍了拍耶格的肩膀，"我们永远不会忘记你，尤其是你教过的孩子们。"

"谢谢你们，"耶格说道，"我也永远不会忘记你们。你们为了救我拼尽了全力，我不知道该怎么回报你们。"

酋长瞥了一眼身边健壮的年轻人："我儿子是整个

岛上最好的水手之一。你确定不用我的人送你们吗？你知道他们很乐意这样做。"

耶格摇头说道："等他们发现我逃走了，肯定会找各种理由进行报复。我们还是就此别过吧。"

酋长站起来，说道："威尔，你在这里几乎待了三年，愿真主保佑你们平安穿越大海，回到属于你们的家。等危险解除的那一天，愿真主保佑你有机会回来与我们重逢。"

"愿真主保佑，"耶格说，然后和酋长握手告别，"我一定会平安回到家，也一定会再回来看你们的。"

耶格看了看围着小屋的孩子们。他们衣衫褴褛，浑身脏兮兮的，但看起来很快乐。也许这就是这里的孩子们教给他的——关于幸福的真谛。

他又转头看向酋长，说："麻烦您帮我告诉他们我为什么要走，但一定要等我们离开后再说。"

酋长笑着说："好的。你赶紧走吧。你为这里做得够多够好了。放心离开吧。"

耶格与拉夫穿过茂密的棕榈树丛，朝海滩走去。看到他们逃跑的人越少，可能因此遭受报复的人也就越少。

拉夫看得出来，被迫放下肩上的担子让他的朋友很难过，所以他开口问道："你们刚刚说的是'真主'？这里的人都是穆斯林？"

"对，他们是我见过的最善良的人。"

拉夫看着耶格："你一个人在这里待了三年，以前那个强大的'炸弹'耶格不会变得软弱可欺了吧？"

耶格看着拉夫苦笑了一下，也许拉夫是对的，他就是变得软弱了。

他们即将走到洁白的沙滩上时，一个人气喘吁吁地跑了过来。他光着脚，赤裸着上身，只穿着一条破破烂烂的短裤，看上去不超过八岁，一脸惊慌。

"先生，先生！"他抓住耶格的手，"他们来了。那些人来抓你们了！我爸爸收到了警告。他们来了，来找你们，还要把你们带回去！"

耶格蹲下身，直视着孩子的眼睛，说："小莫，听着，没人可以带我回去。"他摘下墨镜，塞到孩子手里，然后摸了摸孩子满是灰尘的头发，提醒道："来，戴上它。"

小莫戴上了墨镜，墨镜太大了，他不得不用手轻轻扶着。

耶格咧嘴一笑，说："伙计！你看起来太棒了！但现在你要把它藏起来，至少要等到那些人离开后，才能把它拿出来。"他顿了顿，接着说："现在，快跑，回到你爸爸身边去。待在家里哪儿都不要去。还有，小莫，替我谢谢你爸爸，谢谢他的忠告。"

孩子抱了抱耶格，双眼噙满了泪水，非常不情愿地转身离开了。

耶格和拉夫躲在附近的灌木丛中。他们蹲得很低，挨得很近。耶格抓住拉夫的手腕，看了看时间。

"离天黑大约还有两个小时。"他喃喃道，"现在我们有两个选择。一个是现在就逃，不等天黑。另一个就是，我们先藏起来，等夜幕降临后再偷偷溜走。据我对他们的了解，除了派人去村里抓我，他们一定会出动巡逻艇在海上搜寻，从马拉博到这里不会超过四十分钟。可能我们还没下水就被发现了。所以，我们别无选择，只能等到天黑。"

拉夫点点头，答道："伙计，你在这儿待了三年，了解这里的情况。现在我们需要一个藏身的地方，确保没人能找到我们。"

他扫视着周围的环境，最后停在了海滩上的一片繁茂又阴暗的植被上。"红树林沼泽。那里有蛇、鳄鱼、蚊子、蝎子、水蛭……还有齐腰深的烂泥巴。但凡有点理智的人都不会愿意躲在那里。"

拉夫在他的口袋里翻了半天，从里面拿出一把与众不同的短刀。他把刀递给耶格，说："放在手边，以防万一。"

耶格把刀拔出来，摸了摸五英寸①长的半锯齿刀刃，想看看它有多锋利。"这不会又是假货吧？"

拉夫恼怒道："在武器方面，我绝对不会偷工减料。"

"那些家伙已经在路上了，"耶格若有所思地说，"毫无疑问，他们要把我们抓回黑沙滩监狱。而我们两个人只有一把刀……"

拉夫又从口袋里拿出了另一把一模一样的刀。"相信我，能偷偷带着这些东西通过比奥科机场，真是个奇

---

① 英美制长度单位，1 英寸 = 2.54 厘米。——译者注

迹了。"

耶格勉强笑笑，说道："好吧，我们一人一把刀，锐不可当。"

两个人迅速地穿过棕榈树林，向远处的沼泽地走去。

从外面看，乱糟糟的树根和树枝错综复杂，看起来没有人可以从这里进入。拉夫毫不气馁，匍匐在地，以一种不易察觉的方式缓缓向前爬去，慢慢穿过几乎无法过人的狭窄缝隙。他就这样爬行了整整六十英尺①才停下来，耶格紧紧地跟在他身后。

经过海滩时，耶格还抓了一大把棕榈树叶，他把树叶拖在身后，将他们留下的脚印都清除干净。等他扭动着身体爬进红树林深处时，他们经过的地方一点痕迹都没有留下。

然后，两人又钻进了散发着难闻气味的沼泽淤泥中，只把覆盖着厚厚淤泥的头露在外面。除了眼白，他们几乎整个人都与周围环境融为了一体。

_____

① 英美制长度单位。1 英尺 ≈ 0.305 米。——译者注

耶格能感觉到，这片黑漆漆的沼泽在不断地冒泡，身边满是活物。"像极了黑沙滩监狱。"他喃喃道。

拉夫咕哝了一声表示赞同，黑漆漆的夜幕下，只有他的牙齿闪闪发光。

耶格扫视着他们头顶那片密不透风的树根"穹顶"。即使是最大的红树树干也只有手腕那么粗，高不超过二十英尺。但是，它那些从淤泥中伸出来的树根，每天被潮水冲刷，长得笔直，长度可以超过五英尺。拉夫伸出手拽住一根，用带锯齿的那部分刀刃将那根树根齐地面锯开，又在离地大约四英尺的地方砍了一刀，然后将那根木棍递给了耶格。

耶格疑惑地看了他一眼。

"近身格斗。"拉夫咆哮道，"卡特下士教的棍法。记得吗？"

耶格笑了。他怎么会忘记呢？

耶格拿着刀，慢慢地把木棍一头削成了箭头一样的尖顶。

卡特下士是使用武器的高手，更不用说近身格斗了。他和拉夫都教过耶格所在的部队近身格斗术。近身格斗术糅合了中国功夫和街头格斗技艺等，可以帮你在实战中存活下来。

与大多数武术不同的是，近身格斗术追求在最短的时间里打倒对手，因此往往会对对手造成最大的伤害。卡特习惯将这种伤害称为系统性损伤，也就是旨在终结一切的损伤。近身格斗术没有规则，所有攻击直指对手的要害——眼睛、鼻子、脖子、腹股沟和膝盖，而且下手极重。

近身格斗的秘诀就是下手快、准、狠，出其不意；当然，还要先下手为强，随机应变，随时都能找到称手的武器。你手边的任何东西——木板、金属棒，甚至破瓶子，或是把红树根削尖做成的木棍等，都可以拿来充当格斗武器。

接近黄昏时分，来抓他们的人终于出现了。

一辆卡车下来了二十四个人。他们走到海滩的另一头，分散开来四处搜寻。每看到一只独木舟，他们就会停下来把它翻个身，似乎觉得猎物一定藏在下面。

藏在那里太显眼了，对耶格和拉夫来说，这绝对是头等禁忌。

士兵们端起枪，朝着独木舟的底部开了几枪，把船底打成了筛子。但他们的行动没什么规律，耶格认真记下了没有被子弹击中的独木舟所在的位置。

很快，士兵们就找到了那只装满给养的独木舟，沙滩上顿时响起了嘈杂的声音。两个穿着迷彩服的人跑进村子，一分钟后，他们扛着一个瘦小的人走了回来。

那个小小的身子被重重地扔在了指挥官脚边的沙地上。

耶格认出了那个指挥官，一个高大肥硕的家伙。这个人曾经去黑沙滩监狱监督审讯并拷打过耶格。

指挥官抬脚重重地踹在孩子的肋骨上。

小莫发出一声低沉的惨叫，叫声在昏暗的海滩上孤独无助地回荡着。

耶格咬紧牙关。对他来说，酋长的儿子就像他的儿子一样。那是个很聪明的孩子，但脸上总挂着有点傻气的笑容，逗得耶格开心不已。此外，那个孩子还是个沙滩足球高手，这是每天放学后他们最喜欢的娱乐活动。

不过，耶格如此特殊地对待这个孩子，不仅仅是这些原因，更因为小莫总是让他不由自主地想起自己的儿子。

或者说他曾经的儿子。

"耶格先生！"一声粗鲁的吼叫打断了耶格的思绪。

"威尔·耶格先生，是的，我记得你，你这个懦夫！你看好了，这个孩子在我手上。"他伸出大手，狠狠地揪住小莫的头发将他拎起来，小莫脚尖离地，不停地挣扎。"他只剩下一分钟的时间了。一分钟！你最好赶快出来！否则这孩子的脑袋就得开花！"

耶格看了看拉夫，这个大个子毛利人坚决地摇了摇头。"伙计，你知道的，"他小声说，"我们要是出去，整个村子都会被毁了，包括我们和小莫。"

耶格一言不发地把目光转向远处的身影。拉夫说得对，但是看到小莫被那个肥硕的指挥官抓住，踮着脚尖奋力挣扎的画面时，耶格还是被深深地刺激了。早已尘封的记忆又一次浮现在他的脑海里——那个遥远的山坡上，那块被刀砍得支离破碎的帆布……

耶格感觉到，一只粗壮的手紧紧地抓住了他。"放松，伙计，放松。"拉夫低声说道，"我是认真的。现在出去，我们都得死……"

"一分钟到了！"指挥官尖叫道，"出来！现在马上出来！"

耶格听到子弹上膛时发出的尖锐的咔嗒声。指挥官猛地举起手枪，把枪口狠狠对准了小莫的太阳穴。"我从十开始数。别搞错了，你们这些浑蛋，数完我就会开枪！"

指挥官拿着手电筒，朝着沙滩的方向一遍遍搜寻查看，希望能找到拉夫和耶格。

"十，九，八……"

黑暗的沙滩上，稚嫩的哭喊声打断了指挥官的声音："先生！先生！求求您！求求您！"

"七，六，五……孩子，你还是乞求你的白人朋友救你吧……三……"

耶格能感觉到，旁边高大健壮的朋友把他死死地按在淤泥里，他的思绪却沉浸在遥远而恐怖的记忆中。

他仿佛又看到了那场发生在白雪覆盖的黑暗山坡上的野蛮袭击事件，看到了那片血迹斑斑的雪地，看到了让他彻底精神崩溃的那一幕……然后，他又在恍惚中回到了现在，看到了小莫。

"二！一！时间到！"

指挥官扣下了扳机。

一声枪响，火星划破黑暗。他松开小莫的头发，任由那瘦小的身体瘫软在沙滩上。

耶格痛苦地转过头，身体紧贴着红树根。要不是拉夫一直死死按着他，他早就拿着刀和削尖的木棍冲出去了。

当然，那样的话，他很可能已经死了。

可是他一点也不在乎。

指挥官又断断续续地发出命令。穿迷彩服的士兵们立刻分散开来，有的回了村子，有的向海滩的两头跑去。其中有个人跑到了沼泽边缘，然后停了下来。

"好了，我们继续玩我们的小游戏，"指挥官说着，目光仍然扫视着周围，"我又带了一个孩子过来。我是个很有耐心的人，而且也有的是时间。如果有必要的话，我不介意将你的学生一个一个杀死，耶格先生。快出来吧！还是你真的像我认为的那样是个懦夫？快出来吧，来证明我错了。"

耶格看到拉夫动手了。他就像一条大蛇，幽灵一般匍匐在淤泥上，无声无息地向前爬去。他迅速回头看了一眼。

"想反击吗？"拉夫低声说。

耶格重重地点点头："要快，要狠……"

"还要出其不意。"拉夫接口道。

耶格紧跟着拉夫向前爬行。他一边爬，一边惊叹于这个高大健壮的毛利人超乎常人的行动能力和狩猎能力，他像野兽一样无声无息，绝对是天生的猎人。多年来，拉夫教给耶格许多技能，核心要义就是潜伏跟踪和搏杀。

但拉夫永远是师父，没有人能超越他。

当另一个不幸的孩子被拖到海滩上时，拉夫就像个无形的影子一样悄无声息地离开了沼泽。指挥官抬脚狠狠地踹在孩子的肚子上，他手下的士兵们看着这正在上演的残酷一幕，无情地咧嘴大笑。

拉夫抓住时机，在黑暗中悄悄靠近离沼泽最近的一个士兵。他迅速地伸出左臂，勒住那个士兵的脖子和嘴，防止他发出声音，然后右手拿着刀划破了他的动脉和气管。拉夫死死勒着那个士兵，直到他彻底咽了气，才无声无息把尸体放到沙滩上。然后，他紧握沾满鲜血的枪，迅速回到了沼泽地。

拉夫蹲下身子，为耶格让开狭窄的道路。

"来吧！"他低声说，"现在动手！"

耶格瞥到一个不知从哪里冒出来的人影，那人正举着枪观察周围，拉夫正好在他瞄准的方向上。

耶格本能地将手里的刀对着那人扔了出去。短刀在空中飞快地打转，然后狠狠地刺进了那人的肚子。

那人尖叫一声，不由自主地扣动扳机，子弹偏离目标，远远地飞了出去。不等枪声消失，耶格就跳了起来，拿着木棍向前冲去。

耶格认出了那个人。

他纵身一跃，拿着木棍的尖端狠狠地刺向那人的胸膛，将那人死死地钉在沙滩上，然后拿走了对方手里的枪。

以前折磨过耶格的莫乔少校就像一头将死的猪，尖叫着，扭动着，但是他哪儿都去不了，这是肯定的。

耶格麻利地端起步枪，打开保险，向那些士兵开枪射击。子弹出膛发出的光芒划破了黑暗的夜空。

耶格瞄准了士兵们的胸膛，在靶场上练习时可以瞄准脑袋，但在战场上，胸膛才是最容易瞄准的目标，很少有人能在胃部受伤后存活下来。

他拿着枪扫过海滩，寻找那个指挥官的身影。他看到那个孩子努力挣脱了指挥官的魔爪，转身冲进附近的棕榈树林。而那个指挥官想跑。耶格赶紧抓着枪，狠狠地扣下扳机。子弹追逐着指挥官的脚步，射进了他的胸膛。

耶格能感觉到，指挥官死了之后，士兵们群龙无首，立刻就乱了起来，他们在他的枪声中惊恐地尖叫着。他当然不会错过这个绝佳的机会。

"换弹匣！"耶格大叫着，从黑沙滩监狱看守的口袋里掏出一个装满子弹的弹匣，装在枪上。"冲啊！冲啊！"

拉夫完全不用耶格再催，他立刻跳起来，高喊着向前冲去。耶格开枪为拉夫进行火力掩护。黑暗中，高大魁梧的毛利人把敌人吓得四散而逃。

拉夫仅仅跑了三十码①，就跪倒在地，一边对着敌人开枪射击，一边朝耶格吼道："冲啊！"

耶格从沙滩上跳起来，扛着枪，怀着满腔的怒火向前冲去。他从头到脚都被沼泽的淤泥包裹着，只有眼睛和牙齿闪着白光，一边开枪，一边怒吼着跑过空旷的海滩。

不一会儿，最后几个士兵也开始逃跑。棕榈树林里时不时地射出一枪，拉夫和耶格紧追不舍，直到再也看不到任何敌人。

除了受重伤后垂死挣扎的人的痛苦呻吟外，夜幕中的沙滩很快安静下来。

两人完全不敢浪费时间，迅速找到酋长准备的独木舟，把它拖向大海。这只又大又沉的独木舟在岸上特别笨重。耶格和拉夫用尽力气，才把独木舟弄进海里。正准备出发时，耶格突然向拉夫示意，让他稍等一下。

---

① 英美制长度单位。1 码 ≈ 0.914 米。——译者注

他迅速穿过海滩，跑到被钉死在沙滩上的人旁边，拔掉木棍，把半死不活的监狱看守扛在肩上，然后原路返回，随手把看守扔到独木舟中。

"计划有变！"当他们把独木舟驶向大海深处时，耶格朝拉夫喊道，"我们带着莫乔，向东偏南的方向走。他们一定会认为我们向北逃到了喀麦隆或者尼日利亚，绝对不会想到我们非但没向北逃，还回到了他们的国家。"

拉夫跳上独木舟，伸手去帮耶格。"我们为什么要回到那个魔窟？"

"我们向赤道几内亚位于非洲大陆的另一半领土走，虽然距离是原计划的两倍，但他们绝对不会想到我们会去那里，所以不会有追兵。而且那里现在被政变弄得很乱，我们刚好可以浑水摸鱼。"

拉夫咧嘴一笑："我死！我死！我活！我活！我们赶紧走吧！"

耶格跟着拉夫唱了起来。他们一起划着独木舟驶向深海，在茫茫月色中越划越远。

第 三 章

丢失的第七页清单

"好了，先生们，很高兴通知你们，审核通过了。能够打几个电话就搞定，看来二位声名远扬啊。"

他们面前的人操着一口南非土音，是个矮胖结实的布尔人，他红彤彤的脸上蓄着浓密的大胡子。他的体格清晰地告诉耶格和拉夫，在被衰老和痛风打败之前，他的整个青年时代都在打橄榄球中度过。他还酗酒，在非洲丛林中当过兵。

当然，彼得·波尔克不是来打仗的。他是这次政变的领导人，手里有一支强大的军队。

"你还打算夺取比奥科岛？"耶格问，"旺加政变①
几乎从未成功过……"

几年前，曾有人发动过一次政变，但最终失败了。
这场政变最后成了一场灾难，被嘲讽为"旺加政变"。

波尔克哼了一声，盯着耶格说："我有能力改变一
切。我敢说，你一定很高兴能逃出黑沙滩监狱，是吧？"

耶格笑了。他们穿越几内亚湾时，被热带风暴和
海浪疯狂袭击，尽管这段痛苦的经历已经过去三天，他
笑起来依旧有点疼。

"我刚刚拥有了几架装载武器的 C-130'大力神'
运输机，"波尔克继续说，"我们正在为下一次行动做准
备。我考虑再三，觉得可以再找两个帮手，比如像你们
这样熟悉岛内情况的人。"他盯着耶格和拉夫，问道：
"想成为我们当中的一员吗？"

耶格看了看拉夫："听我这个毛利人朋友说，我们
回英国还有重要事情。"

"遗憾的是，"拉夫大声叫道，"在领教了比奥科岛

---

① 旺加政变意为金钱政变，指为了钱发动政变。——译者注

的待客之道后，我现在很想去踹开他们的大门。"

"我打赌你会的。"波尔克大笑着说，"这是最后的机会，伙计们。我需要你们。我真的很需要你们的帮助。你们竟然能从黑沙滩监狱越狱。从来没有人能从那里逃出来。而且你们靠两把短刀和几根木棍就杀出了比奥科岛，又划着独木舟在大海上漂了三天来到了这里。我看好你们，也非常需要你们的帮助。"

耶格举起双手："这次不行。我受够了比奥科岛。"

"好吧，理解。"波尔克站了起来，在桌子后面来回踱步，"那你们就坐 C-130'大力神'运输机离开这里吧。等你们到了尼日利亚，可以悄悄登上英国航空公司的飞机，直接飞往伦敦，没有人会盘问你们。这是你们将那个浑蛋给我们送来后应得的回报。"

他竖起大拇指，指了下自己身后。莫乔少校被随意地扔在房间的角落，身上缠着厚厚的绷带。受了那么多伤，又在海上航行了三天，这个男人几乎失去了意识。

拉夫轻蔑地看着莫乔少校。"如果你能把他让我朋友遭受的一切折磨加倍地还给他，我会非常感激。前提是他还活着。"

波尔克笑了笑。"没问题，我们有很多问题想问他。在你们离开之前，我还能为你们做什么吗？"

耶格犹豫了一下。他凭直觉认为自己可以相信眼前这个南非人，而且他们可以说是在同一条战线上的。更何况，如果他想托人把钱带给易卜拉欣酋长，现在只能选择波尔克。

耶格从衣服口袋里拿出一张纸。"等你们拿下比奥科岛后，可以把这个交给费尔诺村的易卜拉欣酋长吗？这上面写着苏黎世银行的账户和密码。账户里面有一大笔钱，本来是拉夫为了救我准备付给莫乔的钱。酋长的儿子因我们而死，虽然钱不能让他起死回生，但也许是个开始。"

"包在我身上。"波尔克说道，"你能把该死的莫乔带到这里来，实在是做得太好了。他对比奥科岛的防御工事了如指掌，但是如果得到这个情报的代价是比奥科岛的一个孩子的生命，那真是太令人惋惜了。希望他的死能给更多人带来生的希望。"

"也许吧，希望如此。"耶格勉强回答道，"但他不是你的孩子，也不是你最喜欢的学生。"

"相信我，等我们拿下比奥科岛，岛上的每一个孩子都会拥有更加光明的未来。伙计，那里本来应该很富裕的。那儿有石油、天然气和很多矿产资源。我们一定会有一个好的开始。还有别的需要我帮忙的事吗？"

"可能还有一件事……"耶格思考了一会儿，接着说，"你知道的，我在比奥科岛待了将近三年，时间不算短了。长话短说，我认真调查了这个岛的历史。第二次世界大战接近尾声时，英国曾经发起了一项绝密行动，对一艘名为'公爵夫人'号的敌船进行侦察。那是一艘货船，当时停泊在马拉博港。我们为此付出了极大的努力。问题是，我们当初为什么要这么做？"

波尔克耸耸肩，道："我不知道。"

"当时，这艘船的船长向比奥科岛港口管理部门提交了一份清单，"耶格继续说，"但那份清单是不完整的，它只有六页，第七页神秘地消失了。据说那份清单的第七页藏在马拉博政府大楼的保险库里。为了得到它，我尝试过各种方法。如果你拿下比奥科岛，能复印一份清单给我吗？"

波尔克点点头："没问题。给我你的邮箱和电话号码。不过我有点好奇，你觉得那艘船上会藏着什么？为什么你对这个感兴趣？"

"我对那些吸引我的传闻都很感兴趣，钻石、铀、黄金。传闻是这么说的。可能是某些可以在非洲开采的矿产，也可能是某些纳粹急需，可以帮他们赢得战争的重要物资。"

"很可能是铀。"波尔克说。

"也许吧。"耶格耸耸肩，"但只有找到第七页清单，才可以证明这一点。"

第四章

神秘的徽记

全球挑战者号机动船缓缓停泊在了泰晤士河畔。天空阴沉沉的，仿佛下一刻就要压向桅杆。一辆黑色的出租车载着拉夫和耶格，从伦敦希思罗机场一路驶来，默默地停在路边，轮胎刚好停在了满是油污的脏水坑里。

耶格突然意识到，他们打车的钱足够给比奥科岛班上所有的学生购买课本了。拉夫给出租车司机的小费显然没让司机满意。司机一句话没说就开车跑了，水坑里脏兮兮的污水溅湿了他们的鞋。

二月的伦敦天气虽然变了，但有些事情却从未改变。

耶格这一路几乎都在睡觉——从赤道几内亚大陆乘坐嘈杂的 C-130 "大力神"运输机到尼日利亚，又从尼日利亚飞到英国。他们乘坐的从尼日利亚拉各斯飞往英国伦敦的航班非常豪华，当然，过往的经验告诉耶格，享受如此奢华的头等舱绝对要付出代价。

生活一向如此。

他们乘坐这趟航班的费用高达每人七千英镑，不知道是谁帮他们结算了全部费用，这可不是一笔小数目。当耶格追问拉夫这个问题时，这个身材高大、性情随和的毛利人却出奇地沉默。显然，有人非常想让耶格回到伦敦，钱完全不是问题，但拉夫不想谈论这件事。

耶格觉得拉夫在这方面很在行，所以没有任何疑虑。

等他们抵达伦敦，耶格终于感受到在黑沙滩监狱监禁五个星期，以及之后一连串的战斗和奔逃对他身体造成的影响。他艰难地爬上全球挑战者号的跳板，感觉自己像老人一样浑身嘎吱作响，那种感觉就好像天堂已经为他敞开了大门。

全球挑战者号曾经是一艘北极考察船，是恩杜罗探险公司的总部。这家公司是耶格、拉夫以及另一位战友斯蒂芬·费尔尼在离开军队后创立的。此刻费尔尼正站在跳板的顶端，在淅淅沥沥的雨中露出一个模糊的身影。

他挥了挥手。"真是没想到，我们居然能找到你！你看起来糟透了，看来拉夫去得很及时啊。"

"你不是全都知道了吗？"耶格耸耸肩，说道，"那个傻大个毛利人，差点被人当食物煮了，总得有人把他从那里救出来。"

拉夫哼了一声："别胡扯！"

然后，三个人都哈哈大笑起来。雨水撞击着开阔的甲板，三个人都很享受这难得的小聚。

能重新在一起真是太好了！

在精锐特种部队服役一直是很多年轻人的梦想。作为年轻人中的佼佼者，耶格、拉夫和费尔尼去过很多别人没去过的地方，做了很多普通人难以想象的事情。那是一次次终极冒险，但是他们也为此付出了代价。

几年前，他们在如日中天的时候选择了退役。然后，凭借在军队中学到的技能，他们创立了自己的公司——恩杜罗探险公司，公司的理念是"地球就是我们的游乐场"。

按照耶格的想法，恩杜罗探险公司是一个致力于让富豪，比如商人、运动员和少数名人等，体验世界上最具挑战性的荒野求生主题的专业探险旅行社。随着时间的推移，他们的公司越来越赚钱，吸引了很多名人去地球上最神奇的地方探险。

但后来，几乎是一夜之间，耶格的生活支离破碎。他也从此销声匿迹，成了恩杜罗探险公司的隐形人。费尔尼被迫接管了运营管理方面的事务，而拉夫则负责探险方面的事务——尽管这两个人并不擅长做这方面的事情。

原为上尉的耶格是他们三人中唯一的军官。在部队的时候，他曾指挥过英国特种空勤团 D 中队——一个拥有六十名战士的队伍。他也曾与高级指挥官密切合作，所以在高端商业圈的交往中显得游刃有余。

费尔尼年纪大些，在军中晋升艰难，最终在耶格手下担任准尉副官。至于拉夫，他热衷酗酒、打架，因此一直都无法晋升，不过这个毛利人根本不在乎。

过去的三年对恩杜罗探险公司来说，绝对是个挑战，因为公司失去了它事实上的掌舵人。耶格知道，费尔尼对他不告而别的行为颇有微词。但如果同样恐怖的事情发生在他的身上，耶格认为他也很可能会做同样的选择。岁月和经验告诉他，每个人都有忍耐的极限。当耶格忍无可忍时，他只好逃到没有人可以找到他的地方——比奥科岛。

费尔尼领着拉夫和耶格进了船舱。全球挑战者号的会议室可以说是冒险者的圣地，墙上陈列着来自地球各个角落的纪念品：全世界一半国家的军旗、鲜为人知的精锐特种部队的徽章和贝雷帽、各式各样富有传奇色彩或者纪念价值的退役武器等。

当然，墙上贴着的照片也向所有人展示着那些震撼人心的地球奇观：在极度干燥、狂风肆虐的沙漠中顽强存活的生物群落，白雪皑皑的冰蓝色雪山，被耀眼阳光穿透的漆黑丛林，以及恩杜罗探险公司带队前往这些地方探险时拍摄的合影等。

费尔尼在吧台后面敲了敲冰箱门："要啤酒吗？"

拉夫嘟哝了一句："离开比奥科岛后，我恨不得喝光冰箱里的所有啤酒。"

费尔尼递了一瓶啤酒给他："耶格呢？"

耶格摇摇头，说道："不用了，谢谢。我在比奥科岛时就不喝酒了。当然第一年还喝，但后面两年就不碰了。这会儿，估计只要一杯啤酒我就醉了。"

他拿了瓶水，和费尔尼、拉夫一起围坐在一张矮桌旁聊天。三个人随意地交流了一下这些年发生的事情，然后耶格问了一个关键的问题——为什么拉夫和费尔尼要费这么大劲去那么偏远的地方找他，然后把他带回家。

"那么，这份新合同有我一份了？我的意思是，虽然拉夫在路上曾经提过一嘴，但你知道这傻大个毛利人什么德行，他翻来覆去就那一句话。"

拉夫仰头将瓶子里的啤酒一饮而尽："我是个战士，不是演说家。"

"当然，你是个酒鬼，不是爱酒的人。"耶格附和道。

然后三个人都笑了。

三年后再回来，耶格早已不再是失踪之前那个年轻战士、探险队员。他不仅肤色变黑了，人也安静内向了许多，但偶尔也会流露出随和幽默的气质，这样的改变让他更适合成为恩杜罗探险公司的头面人物。

"嗯，我估计你也猜到了，"费尔尼说，"你失踪之后，恩杜罗的生意一直很艰难。"

"我有我的理由。"耶格插嘴道。

"伙计，我不是说你那样做不对。天知道我们都——"

拉夫抬了抬手，示意两人都别说了。"费尔尼想说的是，我们都很好。过去的就让它过去吧。对我们来说，未来就是这份闪亮的新合同。只是最近几个星期，遇上了点麻烦。"

"确实如此，"费尔尼附和道，"我尽可能简短地解释一下吧。一两个月前，亚当·卡森联系了我，你应该还记得他担任特种部队指挥官时的日子吧。"

"亚当·卡森准将？是的，我记得。"耶格点点头，"他和我们待了多久？两年？他是个很能干的指挥官，但我对他一直不太感冒。"

"我也是，"费尔尼赞同道，"退役后，他被一家媒体挖了过去，成为一家名为'野狗传媒'的电影公司总经理。别吃惊，这家公司专门拍摄关于偏远地区的影片，像探险、野生动物、企业宣传片之类的。因此，他们雇用了很多退役军人。可以说，对我们而言，他们是完美的合作对象。"

"听起来确实是。"耶格说。

"卡森给我们带来了一个机会——一个可以赚大钱的机会。巴西军方在西部边境上空巡逻时发现，亚马孙丛林深处有一架飞机残骸，很可能是第二次世界大战时期遗留下来的。无须多言，那绝对是个荒无人烟的地方。总之，野狗传媒正在努力争取机会，想弄清楚那架飞机残骸背后的秘密。"

"在巴西?"耶格问。

"是的。确切地说，也不完全是。它像是落在了巴西、玻利维亚和秘鲁三国的交界处。似乎它的一个机翼在玻利维亚，另一个机翼在秘鲁，机尾则朝着科帕卡瓦纳海滩。这么说吧，不管是谁把它留在那里，他似乎根本不在乎国界线这回事。"

"这让我想起了当年我们在团里的日子。"耶格说。

"可不是吗，各方势力为此已经争斗了许久，但唯一有实力对此进行调查的就是巴西军方——即使对他们来说，这也是件棘手的事情。因此，他们发出了试探，看看是否可以组建一个国际团队来揭开这个秘密。"

"不管是哪种型号的飞机，它的体形无疑是庞大的。"费尔尼继续说，"卡森可以向你透露更多信息，但我可以肯定地说，它背后藏着一个巨大的谜团，甚至可以说，它是一个包裹在谜团中的'谜中谜'。卡森提议派遣探险队将整个调查过程拍摄下来，通过电视向全世界播放。为此他已经筹集了一大笔钱，但除了他们，还有其他公司参与报价，而且那些南美人内部意见不一，争议不断。"

"可能是因为酋长太多……"耶格试着说。

"印第安人其实不多，"费尔尼肯定地说，"说起来，飞机残骸所在的地方，正好属于一个非常不好打交道的亚马孙印第安部落。好像叫阿玛胡阿卡，或者是和这个差不多的名字。他们从不和外界沟通，而且很乐意维持现在这种状态。任何人不小心闯入他们的领地，他们都会毫不犹豫地向入侵者射箭或者吹箭。"

耶格挑了挑眉："涂了毒药的箭?"

"别问了。就探险而言，留点悬念才有意思。"费尔尼顿了顿，"所以，现在轮到你了。巴西人在这次探险中处于领导地位，这是你必须知道的，他们对飞机残骸的确切位置严格保密，所以没人能耍小聪明。但是玻利维亚之于巴西就像法国之于英国，姑且把秘鲁当作德国吧。在这件事上，各方之间没有丝毫信任。"

耶格笑了："我们喜欢前者的酒，后者的汽车，但也就是这样了吧?"

"你说得对。"费尔尼喝了口酒，"但卡森很聪明。他成功说服了巴西人，当然这要归功于一件事。你曾经在巴西执行过任务，负责训练他们的缉毒部队，也是特种部队。现在看来，你，还有你的副手安迪·史密斯，给他们留下了深刻的印象。他们对你绝对信任，你最清楚这是为什么。"

耶格点点头："埃万德罗上尉还在部队里吗?"

"现在是埃万德罗上校了，他不仅还在部队，还是巴西特种部队的指挥官。你把他最得力的几个部下救了出来。他永远不会忘记这个恩情。卡森保证过由你或者史密斯来负责这次行动，当然最好是你们两个。所以现在，这位上校就站在我们这边了，而且他还在争取玻利维亚人和秘鲁人的支持。"

"埃万德罗上校是个好人。"耶格说。

"看起来的确是。至少，他没有忘记你。这让卡森和恩杜罗得到了这份工作。所以我们才来找你。看样子，从各个方面说，我们似乎都赶得刚刚好。"费尔尼看了看耶格，"无论如何，这可是笔大生意，好几百万美元呢，足以改变恩杜罗的命运。"

"确实很诱人。"耶格瞥了眼费尔尼，"可能太诱人了吧？"

"也许吧。"费尔尼的脸阴沉了下来，"卡森正积极从世界各地招募人手，分男女两队，这是为了迎合电视观众的需求。来了很多志愿者，卡森都快忙不过来了。然而，我们却找不到你的任何踪迹。所以史密斯同意独自负责这次行动。看起来就好像你已经……嗯……从地球上消失了一样。"

耶格的脸上露出了非常复杂的神情："或者只是去

了比奥科岛教英语。这要看你怎么看了。"

"是啊。无论如何……"费尔尼耸耸肩，"这次亚马孙行动已经准备就绪，随时都可以开始，每个人都期待着能有振奋人心的发现呢。"

"然后电视台那些高管就来插手了。"拉夫突然吼道，"不停地要求拍拍拍，那群贪婪的浑蛋。"

"拉夫，伙计，史密斯同意了，"费尔尼抗议道，"他也认为这样做挺好。"

拉夫又拿了一瓶啤酒："还真是个该死的好人——"

"我们不知道！"费尔尼插嘴道。

拉夫砰的一声关上了冰箱门："是的，我们该死的不知道。"

耶格抬了抬手："哦……冷静点，伙计们。那么，究竟发生了什么？"

"从某种程度上说，拉夫是对的。"费尔尼接着说，"电视台的人提出了额外的要求，如果你愿意，也可以把它当成执行任务前的一个环节：安迪·史密斯要把招募来的新队员带到苏格兰山区，考验他们的能力，形式有点像迷你特种空勤团的选拔课程，实力较弱的队员会被淘汰掉。整个过程会全程摄像。"

耶格点点头:"所以,他们去了苏格兰山区。但这有什么问题吗?"

费尔尼瞥了拉夫一眼:"他不知道?"

拉夫不慌不忙地把手里的啤酒瓶放下:"伙计,我把只剩半条命的他从黑沙滩监狱捞出来,又和他一起拿着两把小破刀杀出了地狱岛,逃亡路上还时不时遭受鲨鱼和热带风暴的袭击。你告诉我,我哪有时间和他说这些?"

费尔尼伸手挠了挠他那短得过分的头发,瞥了眼耶格:"史密斯带着招募来的队员去了苏格兰。一月的西海岸,天气糟透了。后来,警察在艾弗湾谷底发现了他的尸体。"

耶格觉得自己的心漏跳了一拍。史密斯死了?他确实有一种不好的预感,直觉告诉他一定发生了什么不好的事情,但只有这件事他从来没想过。不是史密斯,安迪·史密斯非常可靠,是可以托付的兄弟。不管条件多么恶劣,他永远镇定自若,所以也很少有特别亲近的朋友。

"史密斯摔死了？"耶格简直不敢相信自己的耳朵，"不可能。他那么厉害，那么擅长山地战，不可能会死的。"

房间里一时间安静下来。费尔尼盯着他手中的啤酒瓶，眼里闪过痛苦之色。"警察说，他血液中的酒精含量超标了，他喝了一瓶杰克·丹尼酒就上了山，结果在暗夜中失足坠崖而死。"

耶格的眼底闪烁着危险的光芒："一派胡言。史密斯喝酒的次数甚至比我还少。"

"伙计，我们就是这么跟警察说的，但他们坚持自己的判断，说史密斯是意外身亡，甚至还说有不少迹象表明他有可能是自杀。"

"自杀？"耶格再也按捺不住自己了，"史密斯怎么可能自杀呢？他的妻子和孩子逼他的？这个看起来很理想的任务导致的？算了吧，自杀？说真的，史密斯绝对没有理由自杀，必须活着的理由倒是不少。"

"你最好告诉他，费尔尼。"拉夫的声音中带着几乎抑制不住的愤怒，"把一切都告诉他。"

费尔尼显然做好了对耶格和盘托出的准备。"史密斯被发现时，他的肺部有一半都是水。警方说，那是因为他在大雨中躺了一整夜，雨水呛进了肺里。他们还声称，史密斯坠崖后摔断了脖子，当场死亡。可是，人死了就不可能再呛水了，所以，水肯定是在他还活着的时候灌进去的。"

"你说什么？"耶格的目光来回扫过费尔尼和拉夫，"你的意思是，水是被强行灌进去的？"

拉夫的手紧紧地捏着啤酒瓶，指关节都开始发白了。

"你想想看，肺部充满了水，死人不会呼吸。另外，我们还有别的线索。"他瞥了一眼费尔尼，瓶子都快被他捏变形了。

费尔尼伸手从桌子底下拿出一个塑料文件夹，从里面取出一张照片，把它推到耶格面前。

"这是警察给我们的，后来我们想办法去停厂房确认过。那个徽记是刻进安迪·史密斯左肩膀上的。"

耶格盯着这张照片，顿时感觉脊背发凉。那个造型粗糙的鹰形徽记深深地刻在他前副官的皮肤里。老鹰张开翅膀，尾巴朝下立在那里，钩子一般的喙偏向右边，鹰爪里抓着个奇怪的圆形。

费尔尼凑过去，指着照片说道："我们无法确定它代表什么。鹰形徽记，似乎对任何人来说都没什么意义。相信我，我们认真核实过。"他看了看耶格，接着说："警方认为，这个徽记只是个伪造的军徽，肯定是史密斯自己弄的，属于自残行为，他们还把这个徽记当作史密斯自杀的一部分证据。"

耶格说不出话来。他根本没听清费尔尼的话。

他的注意力全都集中在这张照片上，完全移不开目光。不知怎的，这张照片带给他的恐惧甚至超越了在黑沙滩监狱遭受的一切。

他盯着那个黑鹰徽记的时间越久，越觉得脑子要爆炸。这个徽记唤起了那些本已藏在他脑海深处的可怕记忆。

那些记忆是如此陌生，却又如此熟悉。它们挣扎着，呐喊着，想要挣脱束缚，重新回到耶格的面前。

第 五 章

谜中之谜

　　耶格抓着笨重的螺栓切割器，翻过栅栏。幸运的是，伦敦东区斯普林菲尔德小游艇码头的安保一直都很宽松。他还穿着那身离开比奥科岛时穿的衣服，肯定没有时间去拿钥匙。再说，那是他的船，他闯进自己的家不需要任何理由。

　　他从附近一家商店买了螺栓切割器。与拉夫和费尔尼分别前，他请他们还有野狗传媒公司的总经理卡森额外给他四十八小时。在这期间，他会认真考虑是否接替史密斯的工作，带领探险队继续这场看起来命途多舛的行动。

虽然争取了时间，但耶格知道，自己谁也骗不了。他们料定他一定会去——有很多理由，他根本无法拒绝。

首先，他欠拉夫一条命。大个子毛利人救了他。如果没有拉夫，除非彼得·波尔克的雇佣军奇迹般地用最快的速度拿下比奥科岛，否则自己早就死在黑沙滩监狱里了。在那个与世隔绝的世界里，他的死不会有任何人注意。

其次，他欠安迪·史密斯一个真相。耶格不能容许好朋友不明不白地死去，绝对不能。史密斯不可能是自杀的。他打算再去确认一遍，只是为了亲眼确定。他隐约感觉到，史密斯的死一定与埋藏在亚马孙丛林深处的神秘飞机残骸有关。那么，还有什么别的原因或者动机吗？

直觉告诉耶格，杀死史密斯的凶手就藏在探险队中。要想找出凶手，就必须加入探险队，这样才有可能查明真相。

第三，就是那架飞机残骸。仅仅是亚当·卡森在电话里提到的那寥寥几句信息，就让他产生了极大的兴趣。用费尔尼引用温斯顿·丘吉尔的话所说，它是一个包裹在谜团之中的"谜中谜"。

耶格觉得，它有着致命的吸引力。

不。事实上，他已经下定决心，一定要加入这次探险。

他之所以要争取这四十八小时，其实是出于其他原因。他计划要去三个地方，调查三件事情，但他不想向任何人透露任何信息。也许是过去几年的经历，让他极度不信任别人，任何人都不相信。

也许在比奥科岛的三年让他习惯了独来独往，即使现在回家了，在自己的公司里，也改变不了这个习惯。

不过，或许这样更好，更安全，这样才能生存。

耶格沿着码头附近的小路往前走，小路被雨水打湿，靴子在湿漉漉、滑溜溜的砾石路面上嘎吱作响。已经是傍晚时分，深沉的暮色渐渐笼罩了码头，冬日平静的水面上飘来袅袅炊烟。

色彩鲜艳的船只，从烟囱里袅袅升起的轻烟，这场景与运河流域二月里光秃秃、灰蒙蒙的景象格格不入。如此漫长的三年，耶格觉得自己从这里离开好像是上辈子的事了。

他在距离自己的船还有两步的地方停了下来。安妮家船上的灯已经亮了，那个烧木头的老炉子呼哧呼哧地冒着烟。他问都没问一声，就爬上船，从通向厨房那个敞开着的舱口探进头去。

"你好，安妮。是我。你这里还有我家的备用钥匙吗？"

安妮抬头看着他，惊讶地瞪大眼睛。"威尔？我的天啊……你究竟去哪儿了……我们都认为……我是说，我们都担心你已经……"

"死了？"耶格笑着说，"我不是鬼，安妮。我只是出了趟远门，去非洲教书。现在我又回来了。"

安妮摇摇头，不安地说："天啊……在非洲待了三年……我就知道你是个深藏不露的人……我是说，你悄悄地走，又悄悄地回来，都不和任何人打声招呼。"

安妮的语气里带着些许憋屈，甚至夹杂着一丝怨恨。

耶格脸形轮廓分明，略显瘦削，长着一双灰蓝色的眼睛，略长的头发乌黑浓密，没有一丝银发，看起来英俊帅气，比实际年龄年轻许多。

他从来没有向码头上的邻居透露过自己的事情，连安妮也没有，但他平时的言行举止都证明他是个忠诚可靠的邻居。这个社区崇尚邻里之间互帮互助。这也是吸引耶格来此定居的原因，此外他就是希望能在伦敦有个落脚的地方，而这个社区刚好就在广阔的郊区。

码头坐落在利河上，利河谷地就像一条绿丝带，一直向北延伸到开阔的草地和连绵起伏的山丘上。以前，在全球挑战者号上工作一天后，耶格都会回到这里，在河边的小路上肆意奔跑，锻炼身体，排解压力。

他基本不太需要下厨做饭，安妮总是把自己做的各种美味食物塞给他，他特别喜欢她做的冰沙。安妮·斯蒂芬森单身，三十出头，长得很漂亮，性格活泼开朗——他早就怀疑她对自己有好感了。可惜耶格是死守一个女人到老的男人。

露丝和儿子就是他的命。

或者说，曾经是这样。

除了证明自己是个好邻居，除了爱拿她打趣，他从没对安妮越过雷池一步。

她四处翻找，把找到的钥匙递给耶格。"我还是不敢相信你回来了。我是说，你能回来真好。你记得廷克·乔治吗？他正想把你的摩托车据为己有。不管怎样，炉子还热，"她笑了，有点紧张，又带着一丝希望，"我烤个蛋糕庆祝一下，好不好？"

耶格咧嘴一笑。难得有阴霾远离他的时候，他看起来那么年轻，甚至有点孩子气。"你知道吗，安妮——我很想念你做的饭。但我不会待太久，得先收拾一下东西。以后我一定找时间回来和你一起吃蛋糕，聊聊天。"

耶格上了岸，路过廷克·乔治的船时，苦笑了一下。这个厚脸皮的浑蛋竟然盯上了他的摩托车。

过了一会儿，他爬上自己的船，踢开一堆堆落叶，在门口弯下腰。沉重的防盗链和门锁依然完好无损。离开伦敦前，他做的最后一件事就是把船锁好。

他拿起螺栓切割器，忍着四肢的疼痛，将防盗链切开，又把从安妮那里拿来的备用钥匙插进门锁，拉开了大门。他的船是一艘泰晤士河驳船，比一般的船更宽、更深，往往能留出一点空间供人娱乐。

但耶格不是为了娱乐。

舱内家具摆设很少，虽然功能齐全，但除了几件私人物品，什么都没有。

一个房间作为临时健身房，另一个房间则是卧室。

厨房很小。还有一个起居区，木地板上散落着几块破旧的地毯和靠垫。舱内的大部分空间都被拿来办公了，因为只要可以不去公司，也就是全球挑战者号，耶格就喜欢在这里工作。

他没有久留，很快就抓起挂在墙上的第二串钥匙，走了出去。他的凯旋虎探险旅行摩托车被牢牢地拴在船头上，车身盖得严严实实。

这辆摩托车是他的老朋友，是他十多年前为了庆祝自己通过特种空勤团选拔买的二手车。

他卷起车罩，弯腰抓起第二根防盗链，使劲剪断后，正要直起身子，突然听到一阵微弱的脚步声，分明是靴子踩在湿漉漉、滑溜溜的砾石路面上发出的声音。他立刻把粗铁链在手上绕了一圈，两个巨大的链头随意地悬着，一端还挂着沉重的挂锁。

他转过身，拿着那件临时制作的看起来有点像中世纪链球的武器，蓄势待发。黑暗中出现了一个高大的身影。"我想我能在这儿找到你，"他的眼睛扫过耶格手上的锁链，"不过，我还以为会受到更友好的欢迎呢。"

耶格松了口气："没错。喝啤酒吗？我可以给你提供放了三年的牛奶和不新鲜的茶包。"

他们一起走进船舱，拉夫环顾了一下舱内："这已经是过去的事了，伙计。"

"是的。我们在这里度过了一段美好的时光。"

耶格忙着烧水，然后递给拉夫一杯冒着热气的茶。"糖像石头一样硬，饼干软得像坨泥，我想你不会爱吃吧。"

拉夫耸耸肩。"茶就够了。"他瞥了一眼舱门外的凯旋虎摩托车，"打算兜兜风吗？"

耶格不想泄露任何信息："你不是很清楚吗？活着就是为了骑车。"

拉夫把手伸进口袋，递给耶格一张字条。"史密斯家——他们的新地址。别找错地方了。过去三年他们搬了两次家。"

耶格的表情依旧让人捉摸不透："搬这么多次家，

是有什么特别的原因吗？"

拉夫耸耸肩："他为我们工作，也就是为恩杜罗工作，赚了不少钱。他不断提要求，说打算再要一个孩子，需要大一点的房间。"

"他完全没有一点要自杀的迹象。"

"完全没有。需要帮忙推摩托车吗？"

"当然，谢谢。"

两个人一起把摩托车推过临时搭建的跳板，来到河边的小路上。耶格感觉摩托车的轮胎已经半瘪了，需要打气，便回船上取他的骑行装备：防水的贝达弗牌夹克、靴子、厚厚的皮手套、开放式头盔。此外，他还拿了一条围巾和一副看起来像第二次世界大战时期使用的飞行护目镜一样的老古董风镜。

然后，他打开抽屉，把抽屉翻过来，扯下贴在抽屉底部的信封，打开信封检查了一下，里面有 1000 英镑，一分不少。

耶格把钱装进衣服口袋，锁了门，又回到拉夫身边。他插上电动充气机，给摩托车的两个轮胎都充满气；又给摩托车接了一个太阳能充电器，即使现在是深冬季节，它也能给电池充满电。他又插上钥匙，拧了几下，只听"轰"的一声，摩托车发动机启动了。

耶格用围巾裹住他的下半张脸，戴上头盔，放下风镜遮住眼睛。这几件东西对他来说，都有特别重要的意义，他简直视若珍宝。他的祖父泰德·耶格第二次世界大战期间在某个特种部队服役时就穿戴着这套装备。关于这些，祖父从来不会说太多，但家里墙上的照片很明显地告诉耶格，祖父曾经驾驶着敞篷吉普车去过许多饱受战争之苦的偏远地方。

耶格经常后悔，没有在祖父还活着时，让他多讲些自己的经历，比如他在战争期间做了什么。祖父去世后，他再后悔也没有机会了。

他坐在摩托车上，看着拉夫手里的空杯子说："把杯子放回船上吧。"

"没问题。"拉夫犹豫了一会儿，突然伸手抓住摩托车车把，"伙计，你盯着史密斯照片看时，我就注意到你的眼神了。无论你要去哪里，无论你有什么计划，都千万小心。"

耶格盯着拉夫看了很久，但即使如此，还是让人看不懂他在想什么。"我总是很小心的。"

拉夫依旧紧紧抓着车把手："你应该知道，有时候你必须学会信任其他人。我们都不知道你经历了什么，也不会假装自己知道。但我们是你的伙伴，你的兄弟。永远不要忘记这一点。"

"我知道。"耶格顿了顿，"四十八小时，我一定会回来给你一个答复。"

然后，他猛踩油门，飞快地穿过漆黑的砾石路，消失在夜色里。

耶格骑着摩托车一路向西疾驰，只在中途去买智能手机时停了一次。

在 M3 高速公路上，他的摩托车一直以每小时八十英里的速度飞驰。到了 A303 岔道口，驶入威尔特郡的小路时，他才开始专心骑行。

在高速公路上飞驰时，耶格的思绪一路飘飞。安迪·史密斯这样的朋友来之不易，算上拉夫，耶格身边像这样的朋友不会超过一手之数。现在却少了一个。不查清楚史密斯的死因，耶格决不罢休。

他们最后一次一起执行任务是在巴西训练特种部队。任务结束后不久，耶格就离开了军队，创办了恩杜罗探险公司。

史密斯一直待在部队里。他说自己有妻子和三个年幼的孩子要养活，不能冒险失去这份稳定的工资。

他们第三次前往巴西执行培训特种部队的任务时，发生了些意料之外的事情。本来，耶格和他的手下去那里纯粹是为了训练巴西特种部队——巴西特种作战旅。但随着时间的推移，他们和巴西特种作战旅的士兵们渐渐亲近起来，开始一起谩骂毒枭和贩毒团伙。

一次，埃万德罗上尉手下特种作战旅的一支小分队意外失踪，耶格和他手下的那帮兄弟主动揽下救援的任务。那是巴西特种部队历史上徒步巡逻距离最远的一次。耶格带队，领着自己手下的兄弟和人数差不多的特种作战旅的战士迅速找到了贩毒团伙在丛林深处的藏身之地，经过几天的侦察，做好周密部署后，他们发动了猛烈的攻击。

在随后的血战中，贩毒团伙被全部消灭。埃万德罗上尉的十二名手下中有八人获救。就当时的情况来说，这已经是最好的结果了。战斗中，耶格自己也差点丧命，多亏了安迪·史密斯勇敢而无私的救援。

和埃万德罗上尉一样，耶格也是个念旧情的人。

他骑着摩托车，沿着标有放山修道院的出口道路缓缓前行，在风景如画的蒂斯伯里村村外，向右看去，看到一幢离公路稍远的房子。窗户里透出昏黄的灯光，就像一双哀伤的眼睛正惊恐地看着外面的世界。

米尔塞德。拉夫把字条递给他时，耶格就认出了这个地址。

茅草屋顶、斑驳的苔藓、充满乡村田园气息的屋舍、密密麻麻的爬山虎、独属于自己的小溪，还有半英亩^① 土地——史密斯一直想搬到这个离他老上级和最好的朋友威尔·耶格更近一点的地方。后来，他终于搬进了他梦想中的房子，只是那时耶格已经消失了两年之久。

他骑着车出了村子，沿着蜿蜒的小路向塔金米尔和东哈奇驶去。他在铁路桥下缓缓前行，上方是通往伦

---

① 1 英亩＝40.4686 公亩＝4046.86 平方米

敦的铁路干线。以前每当天气阴冷潮湿，不适合骑摩托车时，他就会乘坐这条火车线路。

不一会儿，他的摩托车前灯照到了"新沃德城堡"的路标。他向右拐上了一段小路，穿过简陋的石头门柱。

他的轮胎碾压着宽阔的砾石路面，路两边的栗子树看起来就像幽灵般的哨兵。新沃德城堡是一座气势恢宏的乡村别墅。同窗好友尼克·塔特舍尔买下它时，这座别墅已经年久失修，破败不堪。塔特舍尔在城里发了大财，拿这笔钱将新沃德城堡翻修一新，才让它重新焕发了昔日的风采。

塔特舍尔把整个城堡分成几套公寓，其中最大的一套留给了自己。没想到，在修缮工程接近尾声时，英国遭遇了一次周期性的经济衰退，房地产市场价格大跌。塔特舍尔随时都有可能倾家荡产。

这时，耶格出手购买了一套尚未完工的公寓，他的行为也帮塔特舍尔吸引了其他买家。他以极低的价格买下了这幢房子，换作平时，这样的房产他根本买不起。

事实证明，选择在这里定居是非常正确的决定。

它坐落在一片美丽而广阔的私有绿地的中心地带，周围环境安静怡人，离伦敦只有几个小时的车程。耶格想办法在这里、泰晤士河驳船和全球挑战者号三个地方办公，确保自己不会长时间离开家人。

他把摩托车停在了宏伟的石灰岩外墙前，拿出钥匙打开大门，走过凉爽的铺着大理石的门厅，向楼梯走去。一踏上台阶，苦乐参半的回忆就涌了上来，压得他走不动路。

这儿有过那么多美好的时光。

太幸福了。

怎么会突然变得这么糟糕呢？

他在自己的公寓门口停了下来。他知道等待他的是什么。他努力打起精神，拿出钥匙打开门，走了进去。

他打开灯。家里的大部分家具都罩上了防尘罩，忠实的清洁工桑普森太太每个星期都会来打扫卫生，屋内看起来非常干净。

耶格停步看了看，面前的墙上挂着一幅巨大的画，上面画着一只引人注目的鸟——棕腹鸫，巴西的国鸟。

这幅画的作者是巴西的一位著名艺术家。埃万德罗上校将它作为礼物送给耶格，以此来表示对他的感谢。

耶格很喜欢这幅画，所以把它挂在家门正对面的墙上，好一进门就看到它。

他在去比奥科岛之前，告诉桑普森太太不要给它罩防尘罩。连他自己都搞不清为什么。也许他想早点回来，希望这只鸟能一直待在那里，像往常一样，静静地等着他回家。

他转身向左走去，进入宽敞的客厅。没有必要把厚实的木质百叶窗拉开，外面的天早就黑了。他随手打开灯，目光停留在墙边那个看起来像是写字台的东西上。

他走过去，轻柔地把防尘罩拉开。

耶格伸出手，温柔地抚摸着相框里那个美丽女人的脸。他的指尖来回摩挲着，像是渐渐凝固在相框的玻璃上。他俯下身，平视着桌子上的相框。

"我回来了，露丝。"他低声呢喃着，"三年了，我终于回来了。"

他的手指沿着玻璃滑下去，停在一个小男孩的脸上，那个小男孩站在母亲身边，好像在保护她。两人都穿着印有"拯救犀牛"字样的 T 恤衫，那是他们去东非安博塞利国家公园度假时买的。耶格永远也不会忘记，那天半夜，他们一家三口在马赛人向导的带领下进行的那场徒步旅行。他们在洒满月光的大草原上散步，周围是成群的长颈鹿、角马和犀牛，他们一家人最喜欢的动物就是犀牛。

"卢克，爸爸回来了……"耶格喃喃着，"天知道我有多想念你们。"

他顿了顿，四周静悄悄的，一点声音都没有。"但是，你们看啊——我一直都找不到任何一点可以证明你们还活着的痕迹。如果你们能给我一点线索，随便什么，即使再微小都可以。史密斯一直在帮我盯着，他说过，一有消息就通知我。"

他拿起那张照片，把它抱在怀里。"我走遍了天涯海角，试图找到你们。只要能找到你们，任何地方对我来说都不算远。但在这漫长的三年里，我什么都没找到。"

他用手揉了揉脸，想要抹去那漫长的三年里经历的痛苦。等他把手从脸上拿开时，双眼已经噙满了泪水。

"我想，也许我们应该诚实一点，也许是时候……和彼此说再见了。我也许……也该接受你们真的……已经离开了。"

耶格低下头，轻轻亲吻照片，亲吻着那个女人的脸，又亲吻着儿子的脸。然后，他把照片放回写字台，轻轻把它放在防尘罩上。

相框正面朝上，耶格死死地盯着相片里的两个人，把他们深深地刻在心里。

第 六 章

尘封的记忆

　　耶格轻轻穿过客厅，推开一扇门，走进被全家人戏称为"音乐室"的地方。高高的置物架上摆放着很多CD。他拿起莫扎特的《安魂曲》，塞进 CD 机，轻轻按下电源开关，音乐就响了起来。

　　轻快的旋律下，曾经的记忆像潮水一般涌上心头。不过短短几分钟，耶格再一次强忍泪水。他不允许自己崩溃，即使是适度的悲伤也远远不到时候。

　　他到这里来，是为了别的事情——一些让他深感不安的事情。

他把一只破旧的铁箱子从乐谱架下拖了出来，盯着箱盖上印着的"W. E. J."几个字看了一会儿。威廉·爱德华·耶格，昵称"泰德"。这个箱子是他祖父在战时使用过的，祖父去世前将它送给了耶格。

安魂曲的演奏渐渐进入了高潮，耶格回想起泰德祖父曾把他带进书房，偷偷让他抽了口烟斗，然后带着他在这个大箱子里翻来翻去。真是其乐融融的场景。

泰德祖父永远叼着他的烟斗。水手牌香烟和带着威士忌味道的烟丝味仿佛还在他的鼻腔里萦绕。耶格仿佛还能看到，祖父偶尔吐出的烟圈，轻柔缥缈地环绕在台灯微弱的灯光下。

耶格轻轻打开锁扣，掀开沉重的箱盖。箱子最上面放着他最喜欢的纪念品之一：一个印着"最高机密"四个红字的皮面文件袋，已经褪了色，下面写着"第206联络部队指挥官"。

让耶格感到奇怪的是，里面的文件内容完全没有达到"最高机密"的程度。

文件袋里只有一些记录第二次世界大战时期无线电频率和代码的小册子、主战坦克图、涡轮机、罗盘和发动机的蓝图。这些对一个孩子来说有着致命的吸引力，但作为一个成年人，耶格发现，文件袋里没有任何东西与"最高机密"有关，根本没有必要这么保密。

看起来就像是祖父把这些东西放进文件袋里，只是为了吸引一个少年的注意力，但没有透露任何敏感信息或者真正的秘密。

祖父离世后，耶格曾专门研究过"第206联络部队"，想要追溯它的历史，但什么也没查到。国家档案馆、帝国战争博物馆、海军部，每份原本应该记录某些信息的档案——哪怕只是一本战争日记——都对此只字未提。

看起来就像"第206联络部队"从来没有存在过，像一支幽灵部队一样。

后来，他发现了一些东西。

确切地说，是卢克发现的。

他八岁的儿子同样对箱子里的东西很着迷——他曾祖父的重型突击刀、戴了很久的贝雷帽、破旧的铁罗盘。有一次，卢克不停地翻找着箱子里的东西，一直翻到了箱子的最底部，最后发现了一些藏了许久的东西。

耶格也像儿子那样不停地在箱子里翻找，把箱子里的东西都倒腾到了地板上。箱子里有很多纳粹纪念品：一枚党卫军"骷髅头"徽章，上面的骷髅头仿佛保持着神秘的微笑；一把希特勒青年团的匕首，刀柄上有一张元首的照片；一条"狼人"专属的领带，"狼人"是第二次世界大战快结束时一些顽固的纳粹分子为继续抵抗建立起来的纳粹组织。

耶格偶尔会奇怪，祖父似乎囤积了很多关于纳粹的纪念品，他是不是和纳粹政权走得太近了？无论祖父战时做了什么，这是否代表他以某种方式靠近过那些邪恶和黑暗的东西？祖父是否真的认同那些可怕的思想，甚至可能曾经加入过那个邪恶的组织？

耶格不这么认为，但在祖父意外去世之前，他从没和祖父聊过这方面的事情。

耶格停下了手上的动作，静静地看着一本看起来很特别的书。他差点忘了箱子里还有这本书。这是一份罕见的伏尼契手稿复本。伏尼契手稿大约成书于中世纪，插图丰富，但内容神秘，全书所用字母和语言无人能破解。奇怪的是，这本书一直摆在祖父书房的桌子上，后来又随着箱子里的东西一起到了耶格手里。

这又是一件他未曾问过祖父的事：为什么祖父会对一部晦涩难懂的中世纪手稿如此着迷？

耶格取出那本沉甸甸的厚书，露出箱子底部的木制活底。他一直搞不明白，祖父到底是无意中把文件留在那里的，还是故意这样做，为了孙子有一天能发现这个秘密呢？

不管怎样，它一直在那里，埋藏在一堆战争纪念品中，等待着三十年后或者更久之后被人们发现。

耶格的手指在木板下慢慢摸索，触碰到箱子暗格的开关。他轻轻打开暗格开关，从里面摸出了那个已经泛黄的厚信封，颤抖着双手将它捧到面前。他一方面并不希望看到里面的内容，但另一方面他知道自己必须看。

他从信封里拿出文件。

排好版的印刷文件，沿着一侧装订，和记忆中一模一样。封面的最上方，用又黑又粗的哥特式字体写着一个与希特勒纳粹政权意思相同的单词"KRIEGSENTSCHEIDEND"。

耶格几乎不懂德语，但通过查阅德英词典，他成功地译出了文件封面上的几个单词。"Kriegsentscheidend"是纳粹授予的最高安全机密，差不多相当于"保密等级超过绝密——超级机密"。

下面写着"Aktion Werwolf"，意思是"狼人行动"。

再下面写着日期"1945年2月12日"。这个简单，不需要翻译。

最后写着"Nur fur Augen Sicherheitsdienst Standortwechsel Kommando"，意思是"仅限Sicherheitsdienst Standortwechsel Kommando 阅读"。

"Sicherheitsdienst"是党卫军和纳粹党下属的帝国保安部——最邪恶的组织。"Standortwechsel Kommando"按词典上的解释应该是"搬迁突击队"的意思，但具体指什么，耶格完全摸不着头脑。他用英语和德语在网页上搜索了"狼人行动"和"搬迁突击队"这两个让人迷惑的词。

但什么也没发现。

网上什么也查不到。

他之前所做的调查就到此为止，因为不久后，那件让他几乎崩溃的祸事就发生了，然后，他逃到了比奥科岛。但这显然是一份战时极其敏感的文件，不知为什么会落入祖父的手中。

然而，正是接下来的这一页勾起了耶格的回忆，把他从伦敦拉回了威尔特郡，拉回了空荡荡的家里。

他怀着异常沉重的心情翻开了文件的封面。

扉页上那个显眼的黑色图章仿佛在抬头直视着耶格。耶格死死地盯着它，大脑一片混乱。正如他担心的那样，他的记忆没错。

黑色图章中，那只造型独特的老鹰尾巴朝下立在那里，张开翅膀，钩子一般的喙向右偏，爪子里抓着一个刻有晦涩标记的奇怪圆形。

耶格坐在厨房的桌子前，一片茫然。

他的面前摆放着三张照片：一张是安迪·史密斯的尸体，左肩深深地刻着那个黑鹰徽记，血肉模糊；第二张是耶格用手机拍摄的照片——"狼人行动"文件扉页上的黑鹰徽记；第三张是他妻子和儿子的照片。

在军队服役期间，耶格并不是一个合适的结婚对象。漫长而幸福的婚姻往往与特种部队的生活并不挨边。他们每个月都要执行不同的任务——不是面对炙热干旱的沙漠，就是行走在潮湿闷热的丛林里，又或者是挑战寒冷刺骨的雪山。根本没有时间享受温馨浪漫的二人生活。

直到后来，发生了一次意外。在非洲大草原上空进行高空跳伞时，耶格的降落伞发生了故障。他能活下来已经非常幸运。因为脊柱骨折，耶格在医院里待了好几个月，他虽然非常努力地进行复健，后来也完全恢复了健康，但显然没法继续在特种空勤团长期服役了。

正是在那漫长的恢复期里，他通过朋友认识了露丝。一开始，两人相处得并不融洽。露丝比他小六岁，大学毕业，是坚定的野生动物与环境保护主义者。她觉得耶格和她根本不是一路人。

至于耶格，也认为像她这样一个热爱大自然的环保主义者一定看不起自己这样的特种战士。不过，耶格的敏锐犀利、幽默戏谑和露丝的活泼开朗、争强好胜，当然还有她超凡的美貌，让他们慢慢开始欣赏对方，一步步坠入爱河。

相处久了，他们慢慢发现彼此的爱好惊人地一致，两人都疯狂迷恋着野生的东西。

在露丝怀孕三个月的时候，两人举办了婚礼，安迪·史密斯是他的伴郎。后来，卢克出生，他们一起度过了几年美好的时光，共同经历了将一个混合了两人特点的小孩带到这个世界上，并陪伴他长大的奇妙旅程。

对耶格来说，与露丝和卢克在一起的每一天，都是美妙的挑战和冒险，以至于到后来他根本无法忍受稀里糊涂地失去他们。

耶格盯着这三张照片看了将近一个小时。一份发霉泛黄的纳粹文件、一张警方认定自杀的照片，这两张照片有着同样的黑鹰徽记。此外，还有那张露丝和卢克的照片。它们之间究竟有什么联系？耶格有一种非常强烈的直觉，这个黑鹰徽记与他妻儿的死——不，是失踪——一定有某种特别的关系。

他觉得那或许是一种令人不安的因果关系，虽然说不清这种直觉来自哪里，也许来自职业军人的第六感吧，这么多年来，他已经习惯相信自己内心的声音。当然，也许这一切都是胡扯。或许在比奥科岛待了三年又被关在黑沙滩监狱折磨了五个星期的经历，让他彻底失去了理智，偏执像一种可怕的浓酸般侵蚀着他，腐蚀着他的思想。

耶格几乎想不起来妻儿被夺走的那个晚上发生了什么。那是一个寂静的冬夜，静谧、凉爽。他们在威尔士的一座山上露营，头顶的夜空群星闪耀。这个地方曾经带给耶格无穷的快乐。

篝火渐渐熄灭，耶格最后一个清晰的记忆就是自己爬进帐篷，钻进睡袋，妻儿紧紧地依偎在他身边。突然，帐篷里充满了可怕的毒气，耶格处于半死不活的状态，彻底失去了反抗的能力，后面发生的事情他想不起来也就不足为奇了。他苏醒时，发现自己已经躺在了重症监护室里，妻儿已经失踪很多天了。

现在，这个未知又恐惧的黑鹰徽记似乎将那些埋藏已久的记忆又挖了出来。

军队的心理医生曾经提醒过他，记忆会藏在某个角落，或许有一天，它们会重新浮出水面，就像暴风雨中被海浪冲到沙滩上的浮木一样。

但为什么是这个黑鹰徽记？为什么是它深入自己的内心深处，叫嚣着要让那些记忆重见天日呢？

第 七 章

乔叔公的秘密

耶格独自在公寓里睡了一晚。

他又做噩梦了，那个露丝和卢克失踪后反复困扰他的噩梦。像往常一样，梦里他又回到了妻儿被夺走的那一刻，那些画面如此清晰，仿佛就发生在昨天。

恐惧袭来的那一刻，他突然惊醒，裹着被汗水浸湿的被子，痛苦地呻吟着。这种即使在自己梦里这个相对安全的地方，也无法回到过去、无法回忆起一切的无力感反复折磨着他。

他起得很早，从衣柜里拿出一双跑鞋，踏上了结满白霜的草地。他向南跑上一个平缓的山坡，穿过浅浅的山谷，朝着远处的树林跑去。他沿着树林中一条宽阔的环形小路继续奔跑，渐渐加快脚步，进入熟悉的节奏。

他一直很喜欢来这里跑步。茂密的树林可以为他挡住外界的窥探，成排的高大松树可以掩盖他跑步时发出的声音。他全身心地沉浸在跑步的节奏中，焦躁不安的心情慢慢平复。当他再次冲进阳光下，来到雉鸡林的北端时，他终于理清了思绪，想清楚了自己接下来要做什么。

回到新沃德城堡，耶格迅速洗了个澡，打开电脑给埃万德罗上尉——不，上校——发了封邮件，希望他的电子邮箱没有变化。简单的寒暄过后，耶格问了个问题：都有哪些公司选择与野狗传媒竞标承办这次探险行动？

在耶格看来，如果安迪·史密斯真的死于谋杀，那么第一嫌疑人肯定是他所代表的野狗传媒的竞标对手。

邮件发出后，他小心地把妻儿的珍贵合影收起来，又把那份纳粹的秘密文件放回箱子的暗格里，锁上家门，跨上摩托车，沿着黑泽利顿路慢悠悠地骑着。时间还早，他还可以磨蹭一会儿。

他把车停在蒂斯伯里贝克特街的熟食店门外，正好上午九点，熟食店刚开始营业。他点了荷包蛋、胡桃木熏肉和黑咖啡，等待上菜的时候，他突然注意到报刊架上的一份报纸。只见上面的标题写着："中非政变：赤道几内亚一夜翻天。"

耶格拿起那份报纸，早餐也刚好端了上来。他便一边享受美味的早餐，一边津津有味地看着新闻。

彼得·波尔克成功了，他实现了自己曾经说过的一切。在热带风暴猛烈袭击他们的时候，波尔克设法让他的手下渡过了几内亚湾。他是故意这么做的，因为情报——很可能是莫乔少校提供的——显示比奥科岛的军队在天气恶劣时经常偷懒不干活。波尔克的人在某个暴风骤雨的夜晚突然动手，打了对方一个措手不及。

耶格笑了。也许他很快就可以得到"公爵夫人"号清单的第七页，不过这个对现在的耶格来说似乎并没有那么重要。

十五分钟后，耶格抬起手按下了门铃。

他把摩托车停在村里，先打电话告诉达尔西自己要去拜访，然后才向山上走去。

达尔西·斯威特[①]，史密斯的妻子，确实人如其名。

史密斯是在去巴西执行第二次训练任务时认识她的。埃万德罗上校是达尔西的远房表哥。两人一见钟情，很快就恋爱结婚，速度快到耶格都没办法和他抢。

达尔西身高五英尺九英寸，皮肤光洁细腻，眼睛清澈明亮，美得光彩照人。就像耶格在伴郎致辞中说的那样，她是个完美的结婚对象。婚礼上，耶格还礼貌地提醒了达尔西，史密斯虽然有很多坏毛病，但他绝对忠诚。

门开了，达尔西站在门前，和当年一样漂亮。她藏在阴影里的脸上露出了微笑，但仍然掩盖不住内心深处的伤痛。耶格把他从熟食店买来的食盒还有一张匆匆准备的卡片递给她。

---

① 达尔西·斯威特英文为 Dulce Sweet，dulce 意为甜酒，sweet 意为甜美。——译者注

达尔西煮咖啡的时候，耶格简单讲述了自己这三年的经历。当然，他一直与她的丈夫保持着联系，但一直是单向联系——史密斯通过电子邮件向耶格汇报，没有找到任何有关他妻儿的消息。

耶格和他最亲密的朋友说好了，除非他改变主意，否则不能对任何人说起他的行踪；如果史密斯死亡或因为其他原因丧失行为能力，他的律师将公布耶格的行踪。耶格猜想，或许就是因为史密斯突然死亡，拉夫和费尔尼才能找到他，但他没有问这个问题。史密斯已经死了，这一切都变得无关紧要了。

"发生什么事了吗？"耶格问道，两人隔着餐桌吃着达尔西做的葡式蛋挞，"是不是有什么事一直困扰他，才让他选择自杀的？"

"当然没有！"达尔西的眼里闪着愤怒的火花，她的脾气一向火暴，"你怎么能这样问？我们一直很幸福。他很幸福。不，无论他们怎么说，安迪绝对不会自杀的。这绝对不可能。"

"你们缺钱吗？"耶格问道，"或者孩子们在学校里有没有遇到什么麻烦？帮帮我。我想找一些线索，但现在一团乱麻。"

她耸耸肩："你说的这些都没有。"

"他不喝酒，更没有酗酒，对吗？"

"耶格，他已经不在了。当然了，他不喝酒，他不喝酒也不酗酒。"

她看了眼耶格，眼中含泪，十分痛苦。

"他身上有什么特殊的印记吗？"耶格鼓起勇气问，"在他的左肩膀上，有点像文身，你记得吗？"

"印记？"达尔西不解地问，"他身上没有任何文身，我很确定。"

达尔西的回答让耶格意识到，警察并没有给达尔西看史密斯尸体的照片，所以她并不知道史密斯左肩膀上的黑鹰徽记。他觉得这不是什么坏事。达尔西已经够痛苦了，她不需要面对那些血淋淋的场面。

耶格立马换了个话题，问道："这次亚马孙探险行动，他怎么看？团队里有什么麻烦事吗？和卡森或电影公司之间有什么不开心的事情吗？或者别的什么特别的事情，你有听他说过吗？"

"你知道的，他特别喜欢丛林探险，所以这次行动让他特别兴奋。"达尔西想了想，继续说，"有一件事，不过那件事对我造成的困扰或许更大。我们曾经拿这件事开玩笑。我见过这次探险队的队员，其中有个一头金发，来自俄罗斯的女人，叫伊琳娜·纳洛芙。她认为自己是天下第一美人。我们合不来。"

"你继续说。"耶格催促道。

她沉思了一会儿，接着说："她好像认为自己很有领导天赋，比安迪还厉害。她似乎还想取代安迪，抢走探险队的领导权。"

耶格默默地记下伊琳娜·纳洛芙这个名字，打算深入调查一下这个人的身世背景。他从来没听说过，有人会为了这么微不足道的理由杀人。但如果仔细想想，这理由也未必站不住脚：毕竟这可是一个能在世界知名电视节目上露脸的机会，随之而来的还有名声和潜在的巨额财富。这样看来，也许这个动机还是成立的。

耶格离开米尔塞德后，骑着摩托车向北前行了几英里。

说来奇怪，见过达尔西之后，他的心情竟然平静了下来。他证实了内心的疑问，安迪·史密斯生活幸福，他没有自杀，他是被谋杀了，现在的主要任务就是追查真相，抓捕凶手。

离开达尔西时，耶格承诺，只要她或者孩子们有需要，不管多麻烦，一定要给他打电话，他会竭尽全力帮忙。

从蒂斯伯里到苏格兰边境要骑很长时间。

耶格一直不太明白，为什么乔叔公非要搬到这里，远离家人和朋友。他总感觉乔叔公在逃避什么，但到底逃避什么他也说不清。巴克卢丘陵，位于兰厄姆以东，海尔摩尔湖以南，世界上应该没有比它更偏远、更隐蔽的地方了。

凯旋虎探险旅行摩托车是辆公路、越野两用车。耶格掉转车头，上了通往"乔叔公小屋"的小路。他们都这样叫乔叔公的家，乔叔公也很喜欢这个称呼。刚下了冬天的第一场雪，沿着山路往上，路越来越难走。

摩斯布雷斯山和劳·克尼斯山海拔高达一千五百英尺，两山之间有一片广袤的森林，森林中有一片罕见的空地，"乔叔公小屋"就坐落于此，海拔将近一千英尺。耶格通过厚厚的积雪判断，这条路已经很久没有人走过了。

他把装满了食品杂货的大箱子绑在自己摩托车的车架上，箱子里装着牛奶、鸡蛋、培根、香肠、燕麦粥、面包等等。他在威斯特摩兰服务区停了一次车，买了不少东西，那是他下 M6 高速公路前经过的最后一个服务区。摩托车驶进"乔叔公小屋"门前的空地时，在厚达一英尺左右的雪地上不受控制地打滑，耶格不得不用双脚撑住地面才稳住车子。

夏天的时候，这个地方简直就是天堂。

耶格、露丝和卢克都舍不得离开这里。

但在漫长的冬天……

三十年前，乔叔公从林业委员会手里买下了这片土地，亲自修建了小屋。说是小屋，但非常奢华。乔叔公引了一条小溪，又在空地上挖了几个台阶状排列的小池塘，让水可以顺着台阶一级一级地向下流淌。他又精心布置了周围的环境，把这里变成了一个生态天堂，还留了可以种菜的角落。

有了太阳能电池板和烧木柴的火炉，再加上风力发电机，这里几乎可以实现自给自足了。不过这里没有电话，也没有移动信号，耶格无法提前打电话过来。浓浓的白烟从小屋侧面的钢制烟囱管道中飘出来，森林里多的是免费的木柴，所以小屋一直很暖和。

乔叔公已经九十五岁高龄，需要温暖舒适的环境，尤其是当天气变得像现在这样糟糕的时候。

耶格停下车，靴子踩在雪地上发出嘎吱嘎吱的声音。他走到屋门口，重重地敲打着屋门，敲了好几下，里面才有回应。

"等等，来了！"接着传来开门的声音，门很快就开了。

雪白的头发下，一双眼睛炯炯有神地看着屋外。过了这么多年，这双眼睛依然晶莹剔透，充满活力，没有失去一点锋芒。

耶格拿出那一大箱子食品杂货："我想你可能需要这些。"

乔叔公皱着眉头盯着他。自从泰德祖父去世后，乔叔公就当起了耶格的"名誉祖父"。显然他很擅长当祖父，他们俩关系很好。

乔叔公很快就认出了眼前的人，立刻两眼放光。"威尔，我的孩子！我们根本没想到你会来……进来，快进来！把湿衣服脱了，我去沏茶。埃塞尔出去了，到雪地里散步去了。八十三岁了，还和十六岁似的。"

和从前的乔叔公一模一样。

耶格已经四年没见过乔叔公了，虽然他偶尔会从比奥科岛寄张明信片给乔叔公，但上面几乎没有什么有用的消息，只是为了让他们知道自己还活着。而现在，耶格没有事先打招呼就突然出现在乔叔公的家门口，乔叔公却很快就认出了他。

小屋还是老样子。他们闲聊了一会儿。耶格简短地讲述了他在比奥科岛的经历。乔叔公说了说最近四年自己在这里的生活，其实没什么大的变化。然后，乔叔公问起了露丝和卢克。他觉得自己不能不问，尽管内心深处他很清楚，如果耶格得到什么消息，一定会第一时间告诉他。

耶格的话证明了这一点。他说，母子俩的失踪至今仍是个谜。

闲聊过后，乔叔公突然盯着耶格，用半严肃半调侃的语气说："那么，别告诉我你这么冷的天大老远地骑车过来，就为了给我这个老人带些食品杂货，当然了，我很感谢你带这些东西过来。但你来这里到底想干什么？"

耶格从他的贝达弗牌夹克里拿出了手机，翻到黑鹰徽记的照片，就是"狼人行动"文件上的那个黑鹰图章，放到乔叔公面前的餐桌上。

"别在我面前摆弄这些新奇的技术，这张照片对你有什么意义？"

乔叔公在他的羊毛衫口袋里摸索着。"我需要我的眼镜。"

他拿起手机，伸长胳膊，调整着合适的角度，想要看清手机上的照片。很明显，他并不熟悉这种高科技设备，当他好不容易看清楚手机上的照片时，突然神色大变。

只一会儿工夫，乔叔公脸上的血色就完全消失了，脸色苍白得像个幽灵。他的手颤抖着，慢慢地把手机放在桌上。他抬头看着耶格，眼神是耶格从未见过，也从没料到的。

恐惧。

"我……我多少猜到一些……我一直害怕……"乔叔公大口大口地喘着粗气，指着水槽要水。

耶格赶紧去端了杯水过来。

老人哆哆嗦嗦地接过水杯，拿着杯子的手不停地颤抖，说是喝水，但有一半都洒在了桌子上。等他再次抬头看向耶格时，眼睛里的神采全都消失了，眼神变得黯淡无光。他环视四周，就好像这地方闹鬼似的，又好像在努力回忆自己在哪里，以便让自己安定下来，回到这里，回到现在。

"这张照片你究竟是从哪儿弄来的？"乔叔公指着手机低声问道，"不，不——你别回答！我一直害怕这一天的到来。但我从来没有想过，会通过你再看到它，我的孩子，你受苦了……"

他的目光不自觉地飘到了房间里的某个角落。

耶格不知道该说什么。他最不想做的事就是给眼前这位可爱的老人带来不适和痛苦。乔叔公年事已高，耶格怎么能这么做？

　　乔叔公忽然回过神来，对耶格说："我的孩子，你最好到书房来。我不希望埃塞尔听到任何……嗯，关于这个的事情。她虽然经常散步，但毕竟不像以前那么强壮。我们的身体都不如以前了。"

　　他努力地站了起来，指着面前的玻璃杯："你能再给我接点水吗？"

　　然后，他转身走向书房。耶格跟在他身后，觉得他仿佛换了个人，佝偻着身子，头几乎要触到地面，仿佛世界上所有的烦恼都压在了他的肩上。

　　乔叔公深深地叹了口气，声音就像干燥的风吹过树林发出的沙沙声。"我们原以为，这些秘密会被我们带进坟墓。你祖父、我，还有其他人。都是立过功劳的人，都懂怎么破译密码，也都是军人，知道自己的职责。"

　　他们将书房的门反锁。然后乔叔公要求耶格把所有事情都告诉他，事无巨细，不要有任何遗漏。耶格讲完后，老人就陷入了沉默，像是在思索什么。

　　过了好一会儿，乔叔公才终于开口，可他说话的样子看起来就像在自言自语，或者是跟房间里的其他人——那些早已逝去的人的鬼魂——窃窃私语。

"我们原本以为——我们曾经希望——邪恶的一切早已消失无踪，"他低声说，"我们每个人都能心安理得、问心无愧地去最后的安息之地。多年前，我们以为自己已经做得够多了。"

他们面对面坐在一对舒适的旧真皮扶手椅上。周围的墙壁上挂满了第二次世界大战的纪念品，有乔叔公穿着军服的黑白照片，有破旧的旗帜、闪耀的徽章、用过的旧军刀和米黄色的旧贝雷帽。

只有少数的几件东西和那场战争无关。乔叔公和妻子一辈子没有孩子，一直把耶格、露丝和卢克当作他们亲生的儿孙一样疼爱。桌子上凌乱地摆放着几张照片——大部分是耶格和他的家人在这里度假时拍的，还有一本看起来很特别的书。这本书在一堆纪念品中看起来不伦不类。

这是伏尼契手稿的另一份复本，似乎和泰德祖父送给耶格的大箱子里的那本一模一样。

"然后，这孩子就来了，我们最亲爱的孩子，"乔叔公继续说，"带着……带着那个……帝国之鹰！"老人的目光紧紧地盯着耶格的手机，咬牙切齿地吐出了最后几个字。"那个该死的、可恨的诅咒！从这孩子的话来看，邪恶的东西似乎卷土重来了……在这种情况下，我有权利打破沉默吗？"

乔叔公的话在空气中回荡。小屋厚厚的保温墙隔音效果也不错，但房间里似乎仍然萦绕着某种冷冰冰的警告。

"乔叔公，我不是想和您打听——"耶格刚想解释一下，就被老人抬手打断了。

他似乎很努力地把自己的注意力拉回了现实。"我的孩子，我想我不能把所有事情都告诉你，"他喃喃道，"你祖父肯定不会同意的，除非情况非常危急。但有些事情你应该知道。来吧，问吧。你来找我肯定是想问什么。你尽管问，我会挑我能说的说给你听。"

耶格点点头，指着手机说："第二次世界大战期间，您和我祖父都做了什么？他活着的时候，我曾经问过他，但他没有回答。你们到底做过什么，手中才会保存这样的文件？"

"要了解我们做过什么，你首先得知道我们面对的是什么。"乔叔公的声音听起来很平静，"已经过去太久了，被遗忘的事情也太多了。希特勒的理念很简单，但是也很可怕。"

"记住希特勒的口号，德语是'Denn heute gehort uns Deutschland, und morgen die ganze Welt'。翻译过来就是：'今天，德国属于我们；明天，世界属于我们。'千年帝国要成为真正拥有全世界的帝国。它想要效仿罗马帝国的模式，甚至把柏林更名为日耳曼尼亚，作为整个世界的首都。

"希特勒认为，德国人是雅利安人的后裔，属于优等人种。他们将使用所谓的种族卫生论来清洗德国的劣等人，之后他们将永远立于不败之地。而那些劣等人会被剥削，被奴役，被肆无忌惮地杀害。八百万？一千万？还是一千二百万？没有人知道究竟有多少人因此被杀害。"

"最初，我们以为他只针对犹太人，"乔叔公继续说，"但实际上根本不是，他针对的是所有不是优等人种的人，比如犹太混血，比如同性恋者、共产主义者、知识分子、非白人，包括波兰人、俄罗斯人、南欧人、亚洲人……党卫军特别行动队负责将他们全部消灭。"

"还有'Lebensunwertes Leben'，翻译过来就是'不值得活下去的人'，就是那些残疾人和患有心理、精神疾病的人。纳粹根据 T–4 行动[①]的指示，对这些人进行残酷的屠杀。想象一下吧！残疾人！纳粹就是要将社会上最弱小的人全都清除干净。你知道他们采取了什么样的手段吗？他们用各种各样的借口把那些'不值得活下去的人'骗进一辆特殊的大巴车，然后开车带着他们在城市周围绕圈，在车上的人好奇地盯着窗外时向车内释放毒气。"

老人看了看耶格，脸上浮现出不安的神情。"你祖父和我，我们亲眼看到过很多这样的场景。"

他喝了口水，努力让自己镇定下来，继续说道："但这不仅仅是种族灭绝的问题。在集中营的大门上

---

① 指纳粹德国在第二次世界大战中执行的"安乐死"计划，纳粹根据该计划系统地杀害患有身体或心理、精神疾病的人。——译者注

方，往往还会有这样的标语'Arbeit macht frei'，意思是'劳动带来自由'。当然，事实上根本不是这样。希特勒的帝国根本就是在强迫人们劳动。在纳粹所谓的劣等人里有一大批人沦为纳粹的劳工。他们被奴役，被虐待，数以百万计的人被活活累死。"

"你知道最糟糕的是什么吗？"老人小声说道，"它成功了。至少在希特勒看来，这个计划奏效了。结果不言而喻，卓越的火箭技术、先进的制导导弹、巡航导弹、尖端的航空技术、喷气式战斗机、隐形潜艇、前所未有的化学和生物武器、夜视仪等等，几乎每一个领域，德国人都率先取得了突破。他们的科技水平领先我们很多年。"

"希特勒对技术极度痴迷，"他接着说，"记住，他们的 V2 火箭是现代航天运载火箭的基石，是他们第一个把火箭送上了天，而不是现在人们普遍认为的苏联人。希特勒坚信，先进的科学技术会帮他们赢得战争。相信我——除了核竞赛的因素，我们最后能赢，更多的是靠运气而非计谋——1945 年，他们差一点就成功了。"

　　"比如他们的 XXI 型潜艇，直到 20 世纪 70 年代，我们仍然在努力复制，想要重现它的设计。只需要三百艘 XXI 型 U 型潜艇①，他们就可以扼住英国的咽喉，迫使我们投降。到第二次世界大战结束时，希特勒已经有一百六十艘这样的潜艇潜行在茫茫大海里。

　　"又如 V7 火箭，和它相比，V2 火箭看起来像个孩子的玩具。它的射程很远，能达到三千英里，还装备了他们秘密研制的一种神经性毒剂——沙林或塔崩。它可以从空中向我们所有主要城市投毒。

　　"相信我，威尔，就差那么一点——即使他们不能赢得最后的胜利，实现他们的野心，也能迫使同盟国向他们求和。如果我们真这么做了，那就意味着希特勒与纳粹这个终极恶魔会幸存下来。因为这就是他和他的核心狂热分子关心的——保卫他们的第三帝国，统治一千年。他们只差那么一点点……"

---

① U 型潜艇，特指在第一次和第二次世界大战中，德国使用的潜艇。由于德国潜艇的编号都使用德文"Unterseeboot"的首字母 U 加数字命名，英文缩写为 U-boat，故得此名。——译者注

老人叹了口气，声音听起来很疲惫。"你祖父和我，我们的工作，就是用尽一切方法阻止他们。"

乔叔公把手伸进书桌抽屉里翻找了一会儿，从里面拿出个东西，打开包裹在外面的绵纸，然后递给耶格。"英国特种空勤团最早的徽章是一把白色的匕首，下面写着'勇者必胜'，配上我们空降兵的翅膀，就是今天特种空勤团那个著名的'飞翔的匕首'标志。"

"你一定猜到了，你祖父和我都曾在特种空勤团服役。我们曾在北非、地中海东部作战，最后转战到了南欧。这没什么好说的。但你要明白，我的孩子，我们这代人从来不谈论这些事情。我们把徽章都藏了起来，对之前的经历闭口不谈。"

"1944 年的秋天，我们在意大利北部受了伤，"他接着说，"那时我们刚参加完一次敌后伏击行动，经历了激烈的交火。我们被送往医院，先是在埃及，后来又到了伦敦。你应该能猜到，我们俩都不太愿意安心地休养。正好有个可以报名加入绝密部门的机会，我们自然毫不犹豫地抓住了。"

　　乔叔公看了眼耶格，眼神里充满了犹疑。"你祖父和我发过誓，要保守秘密。但是……好吧，鉴于现在的情况……"老人向耶格和他手里的手机挥了挥手，"你祖父级别更高，当时已经是上校了。1945年1月，他被任命为标靶特别行动组的指挥官，而我是他的参谋。"

　　"别误会，我的孩子，我以前从来没有和任何人说过这件事，甚至对埃塞尔也没说过。"老人顿了顿，接着说，"标靶特别行动组是当时临时组建的绝密机构，所以，你肯定没听说过它。我们的任务很特殊，就是奉命追查纳粹最重要的秘密情报，比如他们的战争技术、超级武器等，此外还有追捕他们的顶尖科学家。"

　　老人一旦打开了话匣子，就不太想停下来。他说个不停，仿佛要将内心深处藏了不知多少年的秘密和记忆都倒出来。

　　"我们要赶在苏联之前找到超级武器。在当时的情况下，苏联被我们视为新对手。我们拿到一张重点场所的'黑名单'，包括工厂、实验室、试验场地、风洞，再加上科学家和最重要的专家。我们必须不惜任何代价，避免这些东西和人落到苏联人手里。苏联人当时正从东面入手搜寻，这是一场与时间的赛跑。我们基本上赢了。"

"他就是这样发现那份文件的？"耶格问，他忍不住提出了这个问题，"那份'狼人行动'报告？"

"那份文件不是报告，"乔叔公低声说道，"那是一份作战计划，其实这么说也不准确。那种级别的机密文件，归另一个有否决权的部门管，它超出了我们的职责范围，连标靶特别行动组都没有权限管。"

"那么哪里——"耶格刚开口，就被老人挥了挥手打断了。

"你祖父是位出类拔萃的军人，英勇无畏，聪敏机智，正直廉洁。在标靶特别行动组工作期间，他发现了一些令人震惊的事情。因为太过阴暗，他很少提起。在标靶特别行动组之外，还有一个行动组，那个行动组拥有否决权，也更阴暗诡秘。它的任务是把那些最引人注目的、最不受欢迎的、绝对碰不得的纳粹分子偷偷带到某个地方，以便我们可以从他们身上'榨取利益'。"

"不用说，你祖父知道这件事时非常震惊，完全被吓坏了。"乔叔公顿了一下，继续说，"最重要的是，他知道这样做错得离谱。如果我们把最邪恶的东西带进来，所有人都将腐化堕落。他认为，所有纳粹战犯都应该送去纽伦堡受审……我接下来要说的这些话，当年他要我发誓绝对保密。"乔叔公说到这里，看了眼耶格，说："我要食言吗？"

耶格轻轻地拍了拍乔叔公的胳膊，安慰道："乔叔公，您已经告诉我很多信息了，比我之前希望知道的多多了。"

乔叔公也轻轻拍了拍耶格的手。"我的孩子，谢谢你的耐心和理解。这……这件事其实并没有那么简单……第二次世界大战结束之前，你祖父重新加入了特种空勤团。或者更确切地说，那时已没有特种空勤团。战争一结束，特种空勤团就立刻被官方解散了。但温斯顿·丘吉尔私下悄悄保留了这支部队，多亏他选择这么做。"

"丘吉尔一直很重视特种空勤团，"他继续说，"战争结束后，他在伦敦市中心的一家酒店秘密指挥着特种空勤团。他们在欧洲各地建立了秘密基地，主要任务是追捕那些漏网的纳粹分子，尤其是那些在战争中犯下滔天罪行的人。"

"你也许听说过希特勒的'特殊处理'(德语为Sonderbehandlung)命令吧?根据这个命令,所有被俘的盟军特种兵,都应移交给党卫军,以便接受'特殊处理',也就是被酷刑折磨和残忍处决。成百上千人因为纳粹的所谓'夜雾命令'而惨死。"

乔叔公顿了顿,再次回想起那些黑暗的往事,着实让人心力交瘁。

"丘吉尔秘密指挥特种空勤团追捕那些仍然在逃的纳粹分子,坚持要不论级别,一网打尽。'夜雾命令'由希特勒亲自下达。你祖父刚好盯上了纳粹的几个高层人物,他和那些受命将这些家伙护送到安全地带的人发生了直接冲突。"

"所以,我们是在和自己人战斗?"耶格问,"祖父这方试图消灭那些罪恶滔天的魔鬼,而另一方则试图保护他们?"

"很有可能,"老人肯定地说,"很可能就是这样。"

"这种情况持续了多久?"耶格问,"泰德祖父的,或者说丘吉尔的,这场不为人知的战争?"

"对你祖父来说，我想它从未停止过，直到他……他去世的那天。"

"那么，祖父所有的纳粹纪念品，"耶格鼓起勇气问道，"党卫军'骷髅头'徽章、'狼人'专属领带等等，这些都是他在执行任务时收缴的战利品？"

乔叔公点点头："是的。你可以说是战利品。每件战利品背后都有一段黑暗的记忆，代表着某个邪恶的家伙被消灭了，每一件都是如此。"

"那份'狼人行动'的文件呢？"耶格又问道，"他也是这么拿到手的吗？"

"可能吧。很有可能。说真的，我并不是很清楚。"老人不安地挪了挪身体，"我不是很清楚这些。我甚至不知道，你祖父竟然还保留了一份文件副本，更不知道他竟然传给了你。我只听他提起过一两次，而且还没怎么听清楚。你祖父知道得更多，但他把那些最黑暗、最可怕的秘密全都带进了棺材里。他走得太早了。"

"那么帝国之鹰呢？"耶格试探着问道，"它又意味着什么？代表什么？"

乔叔公盯着耶格看了好一会儿。"你手机上的那张照片，可不是普通的帝国之鹰。标准的帝国之鹰一般都是站在纳粹万字符上方的。"老人又看了眼耶格的手机，"那个——那个帝国之鹰明显和普通的不一样。你仔细看，它的鹰尾巴下面有个圆形记号。"老人打了个寒战，继续说："只有一个……组织曾经使用过这样的徽记，而且是在战后使用过，当时所有人都认为世界已经和平，纳粹主义已经被彻底消灭……"

书房里很暖和，厨房里的炉火正旺，把书房烤得暖烘烘的，但即便如此，耶格还是感觉整个房间充斥着一股阴冷的寒意。

乔叔公叹了口气，眼里充满了不安。"不用问，我已经……嗯……快七十年没见过这东西了。我很庆幸没见过它。"他顿了顿，继续说，"现在，我有点担心自己说得太多了。如果我确实说多了，你祖父，还有其他人——他们应该也会原谅我。"

他停顿了一下，接着说："有件事我很想问问你，你知道你祖父是怎么死的吗？这其实是我搬到这儿来的原因之一。我不忍心继续留在那里，那里有太多快乐回忆。"

耶格耸耸肩，说："我只知道是个意外。时间太久了，那时我才十七岁——可能因为我的年纪太小，没人告诉我具体情况。"

"他们不告诉你是对的。"老人停顿了一下，干枯瘦弱的双手不停地摆弄着特种空勤团的帽徽，"当年你祖父七十九岁，身体非常健康，精神也一如既往地好。他们说，你祖父是自杀的。一根软管拖进车窗，汽车发动机依旧在运转，他是被汽车尾气毒死的。他们说，他是不堪忍受战争的创伤才自杀的。简直是胡说八道！"

乔叔公的眼睛里燃烧着熊熊怒火。"你想起什么没？穿过车窗的软管？我很确定那是谋杀！他当然不是纳粹所谓的'不值得活下去的人'！"他绝望地瞥了眼耶格，"但对他们来说，还有什么更好的报复方式呢？"

耶格骑着摩托车在漆黑、寂静的高速公路上飞驰，耳边是摩托车引擎震耳欲聋的轰鸣声。然而，当他沿着高速公路向南行驶时，心情却沉重到了极点。这趟去看望乔叔公的行程，让他更加心烦意乱。

老人最后透露的隐情深深地打击了他。

泰德祖父被发现死在他烟雾缭绕的汽车里，从表面看，确实是尾气中毒而死。警方认为，他的死亡原因可能是自残或者自杀。令人不寒而栗的是，他的左肩膀上也被刻了一个非常显眼的印记——帝国之鹰。

这与安迪·史密斯死亡时的样子惊人地相似，相似得让人不安。

耶格尽可能在小屋多待了段时间。他扶着埃塞尔从雪地回到了小屋，和乔叔公夫妻俩一起吃了烟熏鲱鱼。晚餐后，耶格看着他们俩上床睡觉。乔叔公看起来似乎比任何时候都更加疲惫不安。然后，耶格找了个借口，踏上了回程。

他答应拉夫、费尔尼和卡森四十八小时内给出答复。时间过得很快，返回伦敦之前，他还有个地方要去。

他离开了森林深处的小屋。那里非常偏僻，交通闭塞，乔叔公夫妻俩应该是安全的。但摩托车向南疾驰的时候，耶格总感觉有过去的鬼魂在"夜与雾"中追赶着他。

第 八 章

希特勒的宠儿

"来看看这些吧！"亚当·卡森把一沓航拍照片扔到了桌子上。

卡森生来就是人生赢家。他外表干净利落，下巴方方正正，看起来锋芒毕露。而且卡森口齿伶俐，是个天才演说家。但耶格并不喜欢他。作为一名军官，耶格尊重他，但要说信任，至少现在还谈不上。

"科迪勒拉山脉——众神之山，"卡森继续说，"几乎和威尔士一样大，有一片完全没人踏足过的丛林，周围都是一万五千到一万六千英尺的高峰，常年笼罩在雨雾之中。丛林里有野蛮人部落，有像大教堂那样高的瀑布，还有绵延数英里的山洞、陡峭的峡谷和危险的河流。此外，可能还有成群的霸王龙。简而言之，这里是名副其实的'失落的世界'。"

耶格一张张翻看着照片，说道："看起来确实离伦敦索荷广场很远啊。"

"可不是吗。"卡森把第二组航拍照片塞给耶格，"如果你还有疑虑，看看这些。这不是个美人吗？有着野兽一般神秘、阴暗、性感的美。空中的塞壬女妖，从两千英里外的丛林中召唤我们，还召唤了这么多年。"

耶格注视着这些照片。神秘的飞机残骸躺在翠绿的草地中，周围的森林洁白如雪，衬得它更加引人注目；干枯的树枝像无数骷髅手一样伸向天空，丛林就像一具被洗劫一空的尸体，死寂一片。

"骨头森林，"耶格喃喃着，他指着神秘飞机残骸周围的白色区域问道，"知道这是怎么回事吗？"

"不知道，"卡森笑着说，"肯定是某种剧毒导致的，但具体是哪种无法判断，可能性太多了。很明显，进去必须穿着核生化防护服，戴着防毒面具。如果你要去的话，一定要做好防护工作。"

耶格没有理会他言语中的嘲讽。他知道，所有人都在等他的答复。四十八小时已经过去。所有人，包括亚当·卡森、几位电视台高管、恩杜罗探险公司的主要成员，全都聚集在野狗传媒位于索荷广场的豪华办公室里。

显然，索荷区作为伦敦市中心的繁华地带，媒体圈的名人精英都聚集在这里，电视圈里的知名人物当然也得在这里有个基地。卡森为了赚钱，也理所当然地在苏豪广场租了套办公室。

"这架飞机看起来毫无损伤，"耶格说，"就好像它本来就停在那儿一样。它在哪一年，从哪儿来，要到哪儿去，这些信息你们知道吗？"

卡森又丢过来第三组照片。"这是机身上标识的特写。虽然已经严重风化，但还是可以看出来似乎是美国空军的标志。从机身的风化程度推断，它应该已经在那儿躺了几十年了……大家都怀疑，它是第二次世界大战时遗留下来的。但如果真是那样，它就是绝无仅有的珍品，技术比同时代领先了几十年。"

"拿 C-130'大力神'运输机和它相比，"卡森看了看几位电视台高管，"C-130 是一种现代运输机，大多数北约军队都在使用。丛林里的这架神秘飞机从头到尾长一百一十二英尺，而 C-130 只有四十英尺，所以它的长度是 C-130 的近三倍。此外，它装有六台发动机，而不是四台，翼展也比普通飞机更宽。"

"所以，它能运输更多的东西？"耶格问。

"说得对，"卡森肯定地说，"唯一可以拿来和它比较一下的第二次世界大战时期盟军阵营的飞机，就只有波音 B-29'超级空中堡垒'轰炸机，就是将原子弹投到广岛和长崎的那架飞机。但丛林里这架飞机和 B-29 完全不同，它的线条更加流畅，更符合空气动力学，而且几乎是 B-29 的两倍大。所以，这就很让人困惑了：它到底是什么？"

说到这里，卡森的笑容更灿烂了，看起来更加自信，甚至有点自大。

"它被戏称为'第二次世界大战最后一个谜'，绝对名副其实。"现在的他看起来就像个推销员，滔滔不绝地向周围的人介绍着，"所以，现在我们需要一个合适的人来带领大家完成这次任务。"他看了看耶格，"你准备好了吗？决定要上了吗？"

耶格迅速地扫了一眼周围。卡森一副胸有成竹的模样，笃定耶格会同意。拉夫脸上的表情一如既往地让人捉摸不透。费尔尼则一脸忧虑，为恩杜罗探险公司未来的命运担忧。还有那几位电视台高管，看起来都三十出头，穿着随意，或者说时髦，多半很焦虑，他们寄予厚望的热门电视节目能不能继续往下拍取决于耶格。

还有西蒙·詹金森先生，是一位档案管理员。年近五十的他是这群人里年纪最大的，看起来就像一只冬眠的熊，留着有趣的小胡子，戴着厚厚的眼镜，穿着过时的粗花呢夹克，一副心不在焉的模样。

"那您呢，詹金森先生？"耶格提醒道，"据我所知，您是这里的专家吧？既是失踪飞机研究协会的会员，也是研究第二次世界大战的专家。我们难道不应该听听您的意见吗？您觉得它会是什么？"

"谁？我吗？"档案管理员仿佛刚睡醒，四下张望了一下，嘴唇上方的小胡子不安地抖了抖，"我？想听我的想法吗？恐怕要让你失望了。我不擅长小组讨论。"

耶格友善地笑了笑，对这位档案管理员产生了好感。他喜欢他的真诚坦率。

"时间有点紧张，"卡森扫了眼电视台的高管们，插嘴道，"等处理完重要事项，再和我们的档案管理员仔细聊聊也是来得及的，你觉得呢？现在最重要的问题是，你到底要不要加入？"

"我不想稀里糊涂地决定。"耶格反驳道，"那么，詹金森先生，你最好猜一下。它会是什么呢？"

"呃——那么我就冒昧地说说自己的看法……"档案管理员清了清嗓子，继续说道，"有一种机型的特征和丛林里这架完全吻合，就是德国的容克斯 JU-390 远程轰炸机。碰巧它也是希特勒的得意之作，本来打算被用来执行'轰炸美利坚'计划——希特勒计划在战争快结束时，跨越大西洋对美国展开空袭。"

"他们这样做了吗？"耶格问，"纽约？华盛顿？哪里被轰炸了？"

"有报道称有这样的任务，"詹金森肯定地说，"但没有人能完全证实。不过可以肯定的是，JU-390 具备实现这一目标的条件。据说它可以在空中加油。驾驶它的飞行员都会配备最先进的'吸血鬼'夜视仪，即使在夜晚视力也不受影响；这就意味着，它可以在漆黑的夜晚起飞和降落。"

詹金森用手指敲了敲其中一张航拍照片，继续说："这张照片里，你们可以清楚地看到，JU-390 在机身顶部安装了一个圆顶，用于天体观测。机组人员可以通过观测星象进行远距离导航，不需要借助雷达或无线电。简而言之，它是一架完美的战斗机，可以悄悄地前往世界各地而不被发现。"

"所以，如果他们想驾驶它向纽约空投神经性毒剂沙林，可以说是轻而易举。"詹金森紧张地环视了一眼周围，"呃……很抱歉。讲最后一点时，就是向纽约空投毒剂这一点时……我有点忘乎所以了。你们都跟上了吗？"

大家纷纷点头表示肯定。奇怪的是，西蒙·詹金森的话似乎成功吸引了周围人的注意力。

"JU-390 总共造了不到十二架。"詹金森接着说，"幸亏纳粹在空袭美国前就输掉了战争。但有一点很奇怪，战争结束时，JU-390 就销声匿迹了，它们……

嗯……它们彻底消失了。如果这是 JU-390，那显然这是它第一次出现。"

"你知道一架德国战斗机飞到亚马孙丛林深处是为了什么吗？"耶格问道，"还涂上了美国空军的标志？"

"不知道。"詹金森自嘲地咧嘴一笑，"事实上，我必须承认，这个问题一直困扰着我。我翻遍了所有的档案，都没有找到一条这种机型的飞机前往南美洲的记录。至于它身上的美国空军标志，那就更令人困惑了。"

"如果有这样的记录，你能找到它吗？"耶格问。

档案管理员点点头："据我所知，它是一架绝不应该存在的飞机，可以说，是一架幽灵战机。"

耶格笑了："您知道吗，詹金森先生？您待在档案室里实在太屈才了。您应该为电视节目做创意策划。"

"一架绝不应该存在的飞机。"卡森重复道，"幽灵战机。您真是个天才！威尔，这是不是让你更想执行这次任务了？"

"是的，"耶格肯定地说，"所以，我还有最后一个问题和一个条件，之后就可以开始执行任务了。"

卡森热情地摊开双手，说："讲吧。"

耶格提出的问题相当于一颗炸弹："安迪·史密斯为什么被谋杀，这件事有什么新进展吗？"

卡森脸上神色不变，只是脸颊上微微抽动的肌肉告诉耶格，这个问题让他十分不安。"嗯，警方宣称他是意外死亡或自杀。虽然这确实给整个探险队带来了阴影，但我们一定会调整心情，继续前进。"说着，他拍了拍手，"那么条件是什么？"

作为回答，耶格丢给他一个文件夹，里面有几本精美的小册子，每一本的封面上都有一艘飞艇。"今天早上，我顺路去贝德福德的卡丁顿机库走了一趟，就是那个英国混合航空飞行器公司的总部。我猜，你应该认识史蒂夫·麦克布赖德和那里的其他人吧？"

"麦克布赖德？是的，当然认识。"卡森肯定地说，"一个优秀、可靠的企业家。不过，你对他的公司感兴趣吗？"

"麦克布赖德向我保证，他们可以提供最大的重载飞艇'天空登陆者 50'，让它在亚马孙丛林那片区域的上空盘旋。"

耶格转头看向那几位电视台高管，其中两位是英国人，一位是美国人——这次探险行动的投资人。"简单地说，'天空登陆者50'是一艘现代飞艇。飞艇里的气体是氦气，不是氢气。也就是说，它不会像'兴登堡'那样，烧成个火球。"

"四百英尺长，二百英尺宽，"耶格继续说，"这样设计有两个目的。首先是持续不断的大范围监控，监视飞艇下方的一切动态。其次是运输货物。"

他停顿了一下，接着说："'天空登陆者50'最多可以运输六万千克的货物。据麦克布赖德估算，丛林深处那架战斗机重量大约是三万千克，如果装载了货物，可能会达到五万千克。如果我们在那片区域上空部署一艘'天空登陆者50'重载飞艇，不仅可以进行实时监控，必要时还可以把那架飞机残骸一次性运出来。"

那位美国电视台的高管立刻兴奋地拍了拍桌子："耶格先生——威尔——如果你说的和我想的一样，那真是个绝妙的提议。太棒了！如果你们能进去，顺利找到这东西，保护好它，然后一次性运出来，我们可以增加一倍的投资。如果我说错了请指正，卡森，我们可是这里所有人中投资最多的，对吧？"

"是的，吉姆。"卡森肯定地说，"为什么不用'天空登陆者50'呢？如果麦克布赖德说他能做到这一点，而你又可以承担额外的费用，那我们当然可以找到它，把它带回来！"

英国电视台的一位高管插话道："我有个问题，如你所说，这个'天空登陆者50'可以在丛林上空盘旋，还可以把飞机运出来，为什么不能直接把你们空投到飞机残骸所在的地方呢？我的意思是，现在的计划是探险队队员先跳伞空降到那片区域外的丛林里，然后再徒步几天到达目的地。为什么不直接用飞艇呢？还能省去这么多麻烦。"

"好问题，"卡森回答，"之所以不能这么做，理由有三个。第一，绝对不能把探险队成员直接扔到一个有未知毒剂威胁的危险地方，这样做无异于谋杀。正确的做法是先从一个相对安全的地方进入，再慢慢识别和评估危险程度。第二，看看飞机残骸上方的环境，到处都是断裂的、参差不齐的干枯树枝。如果我们直接把人空投到那里，起码有一半人会被树枝伤到，甚至死亡。"

"第三，"卡森向美国电视台的高管点点头，"吉姆希望增加一个跳伞镜头，为节目增添戏剧性。这就意味着，他们需要空降到一块干净、开阔、安全的土地上。因此，他们需要按计划空降到我们已经确定的那片着陆区，然后再徒步走到目的地。"

第 九 章

密码

　　早午餐是在会议室里吃的，一家外卖公司送来了很多盛满冷食的托盘，每个托盘上都盖着保鲜膜。耶格看了一眼，觉得自己并不饿，就绕着会议室转了一圈，把档案管理员堵在了一个相对隐蔽的角落。

　　"有意思，"詹金森一边说，一边研究着一块看起来特别像橡胶的寿司，"真是令人惊讶，我们怎么会吃昔日敌人的食物呢……我还是带着我的三明治回档案室吧。当然，还得有熟切达奶酪和酸辣腌菜。"

　　耶格笑了："可能还有更糟糕的，他们说不定会请我们吃德国酸菜。"

詹金森一下子没忍住，笑了出来："说得太对了。你知道吗？我其实有点羡慕你能进去找那架神秘的飞机残骸，我就算进去也毫无用武之地。但是，你会创造历史的。好好干，这可是个不可多得的好机会。"

"我可以在队里给你找个位置，"耶格调侃道，"把它作为我去的条件。"

档案管理员把嘴里的生鱼片喷了出去。"哎呀，对不起。不管怎么说，让你见笑了。"他用餐巾纸把生鱼片包好，放在旁边的架子上。"不，不，不——我非常乐意坚守在我的档案室里。"

"说到档案室……"耶格若有所思地说，"暂时忘掉那些你知道的事情，就只是单纯地猜想。根据你的所见所闻，你认为那架神秘的飞机到底是怎么回事？"

詹金森的眼珠子在厚厚的眼镜片后面紧张地转动着。"我通常不做猜想，这不是我的风格。不过，既然你问了……那架飞机的情况只可能有两种解释。第一种，这确实是一架 JU-390，纳粹给它涂上了美国空军的标志，以便瞒天过海，躲避美军的侦察。第二种，这是一架美国战斗机，但属于绝密物件，没人听说过。"

"那你觉得哪种情况更有可能？"耶格追问道。

詹金森盯着架子上湿漉漉的餐巾纸。"第二种可能就像我说我喜欢吃寿司一样假。第一种可能，嗯，你可能会惊讶，但这种掩人耳目的行为其实很常见。比如，我们缴获了他们的飞机，他们缴获了我们的飞机。我们把飞机的机身涂上敌军的颜色，然后偷偷摸摸地去执行各种危险的任务。他们也可能会这样做。"

耶格扬了扬眉毛："我会记住这一点的。现在，我们来换个话题。有个谜题需要你解一下。我想，你应该会喜欢，但我希望你能保守这个秘密，可以吗？"

"对我来说，没有比解开一个有趣的谜题更快乐的事了，"詹金森肯定地说，眼睛炯炯有神，"尤其是一个需要我严格保密的谜题。"

耶格压低了嗓音，小声说道："两位老人，都是第二次世界大战时期的老兵，都曾效力于秘密机构，都喜欢遮遮掩掩、躲躲藏藏。两人的书房里都摆满了各式各样的战争纪念品，还各自有一本用奇怪语言写成的晦涩难懂的古书。那么，你说这是为什么呢？"

"你是想问，为什么他们都有一本那样的古书？"詹金森若有所思地搓着胡子，"有没有证据表明，那只是本大众都感兴趣的普通图书？或者只是本参考书？或者是被普遍研究过的珍藏本图书？又或者它们只是文本相似？"

"都不是。只有那一本书。就放在两位老人的书桌上。"

詹金森的眼睛闪闪发光，显然他很享受解谜的过程。"有些密码会使用某本书作为密码本。"他从自己的夹克口袋里拿出一个旧信封，随手写了起来，"这种密码的优势就在于它特别简单，而且无法破译，除非你碰巧知道作为密码本的是哪本书。"

他潦草地写下一串明显随机的数字序列：1，16，47；5，12，53；9，6，16；21，4，76；3，12，9。

"现在，想象一下，你和另一个人都有同样版本的某本书。他把这些数字发给你。先看'1、16、47'这组数字，指的是这本书的第 1 章第 16 页第 47 行：首字母是'I'。然后是第 5 章第 12 页第 53 行：首字母是'D'。接着是第 9 章第 6 页第 16 行：首字母还是'I'。

之后是第 21 章第 4 页第 76 行：首字母是'O'。最后是第 3 章第 12 页第 9 行：首字母是'T'。把它们合在一起，你发现了什么？"

耶格从头开始念出了这些字母："I–D–I–O–T。蠢货。"

詹金森笑了。"这可是你说的。"

耶格忍不住也笑了。"非常有趣。你刚刚错过了去亚马孙探险的机会。"

詹金森努力地憋着笑，但还是笑得肩膀抖个不停。"抱歉，我刚刚脑海里冒出来的第一个词就是它。"

"小心点，你这是在给自己挖坑呢。"耶格顿了一下，"但如果这本书是用一种完全未知的语言和文字系统写成的，那么它又如何做密码本呢？这样的密码根本没法读懂啊。"

"不一定，如果你手上还有另外一本'译本'的话，就能读懂它。当然，如果没有'译本'，你就只能得到五个莫名其妙的字母，连在一起也毫无意义。'译本'只是给它又加了一层密，就这么简单。当然，两个人必须有完全相同的两本书，才能破解密码。事实上，能想到这么做的人，都很聪明。"

"这样的密码能被破解吗?"耶格试探着问。

詹金森摇了摇头。"非常困难,几乎不可能。这就是它的优势所在。要想破译它,你必须知道密码本用的是哪本书,还需要拿到正确的'译本'。这很难实现,除非你抓住那两位老人,严刑拷打,逼他们亲口告诉你。"

耶格好奇地打量着眼前的档案管理员。"这个想法真够毒的,詹金森先生。不过,还是非常感谢你帮我解惑。辛苦你继续帮我寻找有关那架神秘飞机的任何信息。"他随手在那个旧信封背面留下了自己的电子邮箱和手机号码,递给詹金森,"我很期待收到你发来的消息。"

"没问题。"詹金森笑了,"终于有人对这件事真正感兴趣了,我很开心。"

"这是双向镜。"卡森说道,"我们用它来评估哪些电视角色最能吸引观众的注意。或者,至少可以判断那些意见是不是胡说八道。"

他和耶格站在一间漆黑的房间里,透过面前长长的玻璃墙面,看着对面一群正在享用自助午餐的人。对面那些人显然没有发现自己被监视了。卡森说话的语气明显变了，又回到了他自认为是亲密战友之间才会有的口吻。

"你不知道我为了组建这支探险队都经历了什么。"他接着说，"电视台的高管们只想要怪胎和中看不中用的花瓶。他们说，这些人才能保证高收视率。而我想要的是能吃苦耐劳的退役军人，只有他们才有机会成功完成任务。那边那几个，"他用大拇指隔着玻璃指了指，"就是该死的平衡的结果。"

耶格指了指正忙着往嘴里塞三明治的探险队员，说："为什么他们的午餐没有那些讨厌的——"

"寿司吗？那是管理人员才能享受的特殊待遇。"卡森黑着脸说，"我们吃的都是这种极其昂贵，还难以消化的食物。来，我给你介绍一下探险队的成员，建议你去说几句俏皮话，就当自我介绍了。"

他隔着玻璃指着一个人介绍道："那边那个大个子，叫乔·詹姆斯，新西兰人，曾在新西兰空军特种部队服役。服役期间，因为太多战友离世，他饱受创伤后应激障碍的折磨，留着一头油腻的长发和大胡子，看起来既像个车手，又像个无家可归的流浪汉，这是电视台的高管们喜欢的类型。但千万不要以貌取人，他其实是个坚韧顽强、精明能干的家伙，至少别人是这么告诉我的。"

"第二个是那个轮廓分明的黑人小伙子，叫刘易斯·阿隆索，美国海军海豹突击队前队员，现在是职业保镖，因为非常怀念战斗中那种肾上腺素激增的感觉，他自愿报名参加这次行动。他可以说是你手底下最可靠的家伙了。无论如何，千万别把他丢在亚马孙丛林里。就像那个美国人在刚刚的会议上明确表示的那样，他们包揽了大部分费用，所以队伍里必须有美国人，而且身上最好能有那种举世无双的英雄气概，这样可以最大限度地吸引美国观众的注意力。"

"第三个是那个看起来很优雅的法国人，他叫西尔维·克莱蒙，法国电视台为了让他加入探险队，砸了一大笔钱。他曾经在一个不幸被命名为'废物'（CRAP[①]）

---

① CRAP 是 Commandos de Recherche et d'Action en Profondeur 的缩写，意为"纵深侦察行动突击队"。——译者注

的部队里服役。还好特种空勤团（Special Air Service）前面有'特种'（special）这个词，不然不就成航空公司了吗？在苏格兰山区做任务时，他一直穿着迪奥的衣服，看起来还挺帅。虽然很可能没洗过几次——法国人都这样，但我想我可以原谅他……"

卡森被自己的冷笑话逗笑了，扭头瞥了眼耶格，似乎很期待他能和自己一样被逗笑。但耶格脸上一点笑意都没有。卡森耸了耸肩，神色不变，脸皮看起来比河马皮都厚，继续若无其事地说着。

"第四个是那个亚洲长相的男人，叫神岛广，日本NHK①电视台推荐的。他可是个天生的英雄，就像他的名字一样。他曾在日本特种部队担任上尉，认为自己是一名现代武士、出类拔萃的战士。"

"第五个和第六个，那两个乳臭未干的'花花公子'，叫迈克·戴尔和斯特凡·克拉尔，一个来自澳大利亚，一个来自斯洛伐克。他们是野狗传媒的摄像师，你不用操心。他们在冲突频发的偏远地区工作过，应该

---

① NHK 即日本放送协会，日本公营广播电视机构。——编者注

有照顾自己的能力。对你来说，好的地方是他们大多数时间都会扛着摄像机四处拍摄，所以应该不会碍你的事；而不好的地方就是你的年龄差不多可以做他们的父亲了。"

卡森大笑着说，这显然是他目前为止最喜欢的笑话。

"第七个叫彼得·克拉科，是个波兰裔德国人，由德国电视台推荐，曾在德国边防警察第九反恐大队（GSG9）服役。还有什么好说的呢？他是个严肃的德国人、地道的日耳曼人。如果那架飞机真的出自德国，你可以靠他来不断提醒自己。"

"第八个叫莱蒂西亚·桑托斯，是激进的环保组织强塞进来的。她现在在巴西国家印第安人基金会工作，曾经在巴西特种部队服役，就是埃万德罗上校所在的那个巴西特种部队。她有个新口头禅，叫'拥抱一个亚马孙印第安人'。不过，她也是上校决定要安插在探险队的人。"

"最后，第九个。——请进，你的时间到了！哦，我是说那个漂亮的金发女郎，伊琳娜·纳洛芙。原为俄罗斯特种部队的军官，现在已经获得美国公民身份，住在纽约。纳洛芙很冷酷，能力很强，看起来镇定自若。哦，对了，她身上随时都带着短刀，或许她会拿刀捅你。不用说，电视台的高管们都很喜欢她。他们都觉得纳洛芙会让节目的收视率飙升。"

卡森转头看向耶格："加上你——正好十个人。怎么样？这支队伍是不是特别棒？"

耶格耸耸肩："我在想，如果我现在改变主意，决定退出，会不会太晚了？"

卡森咧着嘴笑了。"相信我，你不会后悔的。你是将他们团结到一起，打造富有凝聚力的团队的最佳人选。"

耶格哼了一声，说："我还有个条件，我希望拉夫作为我的副手加入探险队。我需要一个绝对信任的人来支持我的行动，帮我对付那群疯子。"

卡森摇了摇头，说："恐怕不行。作为一名战士，没人能比得上他。但他不够聪明，长得也不好看。电视台的高管们都喜欢这支队伍。所以，你可以选择可爱的伊琳娜·纳洛芙做你的得力助手。"

"没的谈了？"

"不错。要么她，要么分道扬镳。"

耶格转身看向双向镜，目不转睛地盯着伊琳娜·纳洛芙。奇怪的是，他的直觉告诉他，她知道他在看着她，仿佛她能隔着玻璃感觉到耶格那熊熊燃烧的目光。

第 十 章

谁是敌人

天边缓缓亮起一抹曙光。

C–130"大力神"运输机马上就要点火起飞了。耶格探险队的其他队员都已经坐在各自的座位上，系好安全带，插上机载氧气呼吸系统，调整心态，准备迎接即将到来的任务——从高空跳伞，空降到完全陌生的地方。

这次即将开始的任务，或许是人生中最后一次探险，离出发只剩几分钟，耶格决定自己一个人静一静。

他们马上就要起飞了。

绿灯亮起，那是准备出发的信号。

这次出发后没有回头路，只能不惜一切代价坚持到底。

这是拼尽全力艰难求生的旅途。在旅途开始前的最后几分钟，耶格沿着飞机跑道默默往前走，想一个人待会儿。毫无疑问，这将是他未来几天甚至几个星期最后一次享受宁静的时刻。以前在特种空勤团服役时，耶格就喜欢这样做。现在，当他下定决心要带领这支探险队深入亚马孙丛林时，他也这样做了。

他们将从巴西卡欣布机场起飞。这个机场位于卡欣布山脉，也就是烟斗山脉的中心地带。卡欣布到大西洋海岸线上的里约热内卢和它到亚马孙丛林最西边的极端地带距离差不多，因此，它被选为探险队到达目的地之前的中转站。

人们很容易忘记巴西是个多么庞大的国家，或者说亚马孙平原是多么广阔。里约热内卢位于卡欣布以东约两千千米处；而那架神秘的战机在雨林的最深处，位于卡欣布向西约两千千米的地方。这两个地方之间是茂密的丛林。

卡欣布机场是巴西军方专用，可以说是探险队进入现实版"失落的世界"最完美的出发地点。当然，还有一个连带的好处。巴西特种部队指挥官埃万德罗上校特别强调，在飞机起飞前不得进行任何形式的拍摄。他说这太敏感了，因为卡欣布经常执行各种特殊任务。但事实上，他是在耶格的要求下才这么说的，因为耶格被每天二十四小时无死角地跟拍烦得要死。

到目前为止，摄制组已经和探险队一起度过了将近两个星期的时间，他们只要醒着就不停地拍，不放过任何未来有可能发展成节目焦点的细节。这让耶格非常不习惯。

更糟糕的是，他还要对付伊琳娜·纳洛芙——这个所谓的副手。在他看来，她是安迪·史密斯谋杀案的主要嫌疑人。虽然探险队的其他成员看起来都对耶格的出现表示欢迎，但纳洛芙完全没有掩饰她的敌意。

她似乎从一开始就不满意他的到来，她粗暴的态度已经让他开始有点不安。看起来她似乎以为安迪·史密斯死后自己会领导整个团队，她的野心遭到了打击。

耶格在黑沙滩监狱受伤的脚趾和手指仍然在疼，

虽然他已经用绷带紧紧地做了包扎。他认为自己的身体状况足以应付接下来的情况，不管发生什么——只要他能避开纳洛芙背后捅刀子。他不太理解她的敌意，但他始终认为，到了丛林，该暴露的都会暴露。

他还注意到了另外一件事情。从一开始，来自巴西的莱蒂西亚·桑托斯和伊琳娜·纳洛芙就摩擦不断。耶格觉得这很正常，队员相处中，打打闹闹再正常不过。

夜里下过雨，他闻到一股独特的气味，那是清新凉爽的热带暴雨落在炙热的、被太阳晒焦的土地上才会升腾起来的气味。毫无疑问，这股独特的气味让他想起他第一次步入"树林"时的情景——特种空勤团把丛林叫作"树林"。

丛林训练是特种空勤团选拔特种战士的核心环节：每个战士都必须通过残酷的考验，才能真正成为特种空勤团的一员。从进入"树林"的第一天起，耶格就发现自己天生热爱丛林生活。他认为茂密的灌木丛、黏糊糊的淤泥和雨水触动了他的心弦，让他想起了小时候和父亲在户外玩耍的时光。为了在无穷无尽的淤泥、雨水和幽闭的丛林中生存下来，他不得不随机应变。耶格喜欢这种随机应变——在行动中必须保持思维的敏捷性。

他闭上眼睛，深深地吸了一口气，潮湿、发霉、满溢着泥土清香的空气充满了他的身体。

这时，他开始倾听自己内心的声音，也就是作为战士的第六感。

从他童年时在故乡威尔特郡乡下的山上嬉戏玩乐开始，或者星期天在森林里露营，靠他的智慧在野外生存时开始，他就习惯了倾听自己内心的声音。

父亲教他徒手抓鱼——手指在水中轻轻滑动，沿着布满鳞片的、冷冰冰的鱼身慢慢移动，就像挠痒痒一样让它放松警惕，然后以闪电般的速度抓住它，甩到河岸上。他还学会了如何设陷阱抓兔子，学会了如何用森林里随处可见的材料建造一个既遮风又挡雨的窝棚。

事实证明，自己内心的声音非常重要，时刻提醒着自己大自然的秩序。后来，作为一名特种战士，同样的本能使他如钢铁一般坚强。在参与特种空勤团选拔的过程中，他违背了其他所有候选人的计划，遭到了他们的冷嘲热讽；但他内心的声音非常坚决，他相信它。在那个冷酷的冬天，他成为仅有的两名通过特种空勤团选拔的军官之一，这足以证明他的选择是正确的。

那个内心的声音一直在为他服务，至少目前为止是这样的。

出于某种奇怪的原因，内心声音的提醒严重地吓坏了耶格，尽管这看起来完全没有意义。即将到来的探险行动并不是什么深入敌后、寡不敌众、火力不足的任务。他说不清楚到底是什么让他如此不安。很可能是安迪·史密斯的死，以及随之而来的变故。

离开英国前，耶格参加了史密斯的葬礼，但即使是站在达尔西和孩子们旁边表达他的敬意时，他还是觉得浑身不对劲。之后，他在守丧时和拉夫一起喝了杯啤酒。那个时候，那个高大的毛利人才告诉了他一个关于安迪·史密斯之死的关键细节。

史密斯住的酒店房间没有任何被强行闯入的痕迹。在警方看来，他是自己在醉酒的状态下爬上山，然后坠崖身亡的。但如果不是自杀，安迪显然没阻止凶手进入他的房间。

这说明他们认识，不仅认识，还很信任对方。

当时正值一月，正是暴风雨肆虐的时候，他们一直住在非常偏僻的艾弗湾酒店。这个季节，除了探险队成员，这里几乎没有客人。反过来也可以证明，凶手肯定是探险队的成员之一。

简而言之，凶手很可能就在探险队员里。耶格有怀疑对象。但他一直保持沉默，很大程度上是因为他不想让队员们知道那个人可能是杀人犯，这样可能会打草惊蛇。

除了伊琳娜·纳洛芙，他也不喜欢盲目自大、夸夸其谈的迈克·戴尔和斯特凡·克拉尔，就是那两个摄像师，但他们没有谋杀史密斯的动机。

耶格不信任任何媒体，他发现戴尔和克拉尔只会动动嘴，几乎没什么实际行动。而把摄像机对准耶格的脸时，他们能够明显地感觉到耶格的暴躁易怒和不合作的态度。安迪·史密斯肯定更随和，更有可塑性，所以他们是最不希望史密斯被杀的人。

无论从哪个角度看，耶格都坚信，他的朋友被谋杀的原因和方式就藏在<u>丛林深处</u>的某个地方，等待着在即将到来的探险行动中被逐渐揭秘。他确信安迪是被谋杀的。他觉得是时候采取下一步行动了，他要脚踏实地、精明准确地查清事情的真相。

耶格做事从不半途而废。他既然同意了带领探险队开展这次探险行动，就会全身心地投入到探险行动中。他不得不从史密斯留下的工作入手，继续开展下一步的工作。探险行动开始前，令人发狂的准备工作几乎占据了他所有的时间，留给他做其他事情的时间所剩无几。

出发前，他只勉强和父母打了个电话。几年前，他们退休去了百慕大，那里常年阳光灿烂，虽然偶有飓风，但可以享受免税生活的乐趣。电话时间有限，他只简单说了一下自己的情况：从比奥科岛回来后，依旧没有露丝和卢克的消息；他即将要随恩杜罗探险队去亚马孙丛林探险；另外，他想找时间去看看他们，多了解一点泰德祖父的经历，还有祖父去世的原因。

他答应父母，会很快过去看他们，然后就结束了通话。他没有和父母说自己对泰德祖父死因的怀疑。因为他觉得在电话里提起这件事不太合适，必须面对面讨论。他决定这次探险行动一结束，就坐飞机去百慕大。

耶格和他的探险队已经在巴西待了一个星期，埃万德罗上校和他的巴西特种部队接待了他们。在这段时间里，巴西温暖的天气和热情的民风缓解了他内心的恐惧，在英国一直笼罩着他的那种阴冷的感觉也渐渐消失了。直到现在，他们准备深入亚马孙丛林的前一刻，这些担忧才又涌上心头。

卡欣布机场的跑道位于山谷深处，山谷里满是茂密的森林，两侧的山坡上长满了盘根错节、密不透风、郁郁葱葱的植物。当清晨的第一缕阳光照耀在丛林参差不齐的边界线上时，那一缕缕环绕着树梢的薄雾就消失了。热带强烈的阳光很快就驱散了黎明的凉意。

干探险这一行的人说，人们对丛林的反应不外乎两种：一见钟情或是一见生厌。那些讨厌丛林的人觉得丛林阴暗幽闭、危险重重、神秘而不祥。但对耶格来说，情况刚好相反。他觉得生机勃勃、五彩斑斓、令人敬畏的原始热带雨林生态系统有着让人不可抗拒的吸引力。

一想到有一片没有人类文明痕迹的荒野，他就激动不已。事实上，丛林是中立的。它对人类既不敌视也不友好。只要学习丛林特有的生存方式，与丛林的节奏同步，融入其中，成为丛林的一分子，丛林就可以成为你最奇妙的朋友和绝佳的避难所。

话虽这么说，但科迪勒拉山脉——众神之山那种简单纯粹的野性与地球上其他地方不一样。那个隐藏在科迪勒拉山脉遥远中心地带的神秘飞机残骸正等待着他们。

他的头顶，一只看起来像角雕的大鸟发出了一声尖锐的鸣叫。紧接着，从森林中最高的一棵树的树冠上传来一声鸣叫作为回应。那棵热带阔叶树是一棵"露头树"，长得粗壮高大，比森林那阴暗的地面高出大约一百五十英尺。它那显眼的树冠远远高出森林里的其他树，在争夺阳光的战斗中稳稳地占据了最高点。

它就站在那里，安静地沐浴着清晨的第一缕阳光，就像是一位俯瞰众生的国王。

它的树冠的最顶端为角雕捕猎提供了一个绝佳的制高点。耶格扫了一眼这棵树的树冠，枝丫上布满了星星点点的粉红色花朵。森林里只有这棵树上鲜花盛开。一片深绿色的海洋中，那抹艳丽明亮的色彩显得格外吸引人。

他发现了树上的鸟巢。这两只角雕是一对。

毫无疑问，鸟巢里还有嗷嗷待哺的角雕雏鸟。

有那么一会儿，耶格把自己想象成了那只角雕，扇着大约七英尺宽的巨大翅膀，在丛林上空翱翔。他看见自己在那藏着飞机残骸的荒野上空俯冲而下。借着角雕的眼睛，他甚至可以在几百码外发现一只在地面上四处乱窜的老鼠。找到飞机残骸藏身的地点——那片完全没有植被覆盖、光秃秃的像是被抽干了所有生命力的土地，对耶格来说也是轻而易举。

在他的想象中，他从森林上空掠过，地面上的景象看起来是那么反常：完全静止不动，毫无生机，甚至看起来像幽灵一样阴森。

是什么让这片森林变成了现在这样，仿佛被抽空了所有生机？

那架神秘的飞机残骸究竟隐藏着什么样的秘密，有着怎样可怕的危险？

看着角雕，耶格想起了帝国之鹰。过去几天太过忙乱，以至于他根本没有时间认真思考那个可怕的徽记以及它象征着的黑暗势力。奇怪的是，这样一只令人印象深刻的鸟，既能代表黑暗邪恶，又能代表狂野的自由与美丽。

中国古代著名军事家孙子曾经说过要"知己知彼"，作为军人的耶格将这句话奉为圭臬。

他习惯了面对他熟悉和了解的敌人。他利用世界一流的情报机构弄来相关的卫星图像、监控照片和信息简报，使用窃听手段，或者雇用间谍、线人打入敌方阵营搜集所有有用的信息，认真研究每一个敌人。

不管执行什么任务，在行动之前，他都会确保自己已经尽可能全面地了解了自己的敌人，这样才能有更大的概率击败对方。然而此时此刻，他们面对着一大堆潜在的危险，还什么都不了解。

无论危险是什么，对耶格来说，一切都是未知数。

不管敌人是谁，对耶格来说，他们都是未曾谋面的陌生人。

未知，陌生。

毫无疑问，毫无准备地迎头面对未知的危险，这就是让耶格有些惊慌失措的原因。

但至少现在，他的脑子里已经有了答案。

至少现在他知道了。

意识到这一点后，耶格的心情总算轻松了一些。他转身看向飞机的方向，听到了发动机启动时发出的尖锐的呜咽声。沉重、巨大的螺旋桨开始慢慢转动，就好像它们身上裹了一层厚厚的糖浆。

一辆路虎车从旁边布满车辙的泥泞道路上呼啸而来。耶格猜测，应该是有人来接他登机。车子在他面前停了下来，埃万德罗上校从车里跳了出来。

这位负责指挥巴西特种部队的上校身高六英尺二英寸，长着一双炯炯有神的黑眼睛，尽管年纪不小了，但身姿矫健，看起来像运动员一样强壮。从耶格第一次与他并肩作战以来，他的风采依旧，丝毫没有改变。为了更好地汲取英国的经验来打造自己的部队，他参加了英国特种空勤团地狱般的选拔，因此耶格非常钦佩他。

"该上飞机了，"他说，"你的团队正在为起飞做最后的准备。"耶格点点头："你确定不和我们一起去吗？"

上校笑了："说实在的，我非常想去。办公室工作太不适合我了。但职责所在，实在是没有办法。"

"那我可走了。"

上校伸出手来："我的朋友，祝你好运。"

"你认为我们会需要好运吗？"

他盯着耶格看了很久："那是亚马孙丛林，一切皆有可能。"

"一切皆有可能。"耶格重复道。的确很有道理。

他们一起钻进路虎车，沿着泥泞的道路，朝等着他们的飞机飞奔而去。

第十一章

时刻准备

耶格在飞机的驾驶舱前停下。一个人从他上方的舷窗里探出头来。

"空降地区天气很好。"飞行员对他说,"十五分钟后出发。没问题吧?"

耶格点点头:"说实话,我已经等不及了。我不喜欢干等着。"

机组成员都是美国人,从他们的言谈举止来看,耶格认定他们都是退役军人。这架 C-130 "大力神"运输机是卡森从一家私人航空货运公司租来的,耶格确信这些人都是业界翘楚。他相信他们能把他和他的探险队送到既定的空降地点。

"你想听什么曲子吗，"飞行员问，"为了即将到来的 P 时间？"

耶格笑了。P 时间就是"伞降时间"，耶格和他的队员会在这个时间从机尾跳入风声呼啸的天空。

在空降兵跳伞前，播放一支曲子，这是空降部队长久以来的传统。音乐能让人精神振奋、斗志昂扬、满怀激情地准备跳伞，勇敢无畏地投入战斗；或者，就像这次一样，踏入现实版"失落的世界"，进行一场前途难测的探秘之旅。

"来点经典的曲子吧，"耶格提议道，"瓦格纳①怎么样？你在系统里能搜到什么？"

耶格跳伞时总喜欢选同一种类型的曲子。在他的伙伴们看来，那些曲子完全不属于主流文化的范畴，但经典的老曲子总是能让他注意力更集中。而这次行动，

---

① 指德国作曲家、指挥家理查德·瓦格纳（1813—1883）。——译者注

耶格显然更需要集中精神，全力应对。

他会带头跳下去，以便为后面跳下来的人领路，当然他也不会一个人跳。

伊琳娜·纳洛芙加入探险队的时间太晚，没来得及参加安迪·史密斯开设的 HAHO 训练课。HAHO 就是 High Altitude High Opening，指的是高跳高开的跳伞方式，利用它可以将一支队伍从几英里的高空直接空降到目的地。这次行动他们也将采用这种方式空降到探险地点。

耶格不得不选择双人高跳高开跳伞，将另一个人——伊琳娜·纳洛芙——绑在他的身上，一起跳入三万英尺的高空。他觉得自己需要比以前更舒缓的音乐来稳定心神。

"我找到了硬石乐队（AC/DC）的《地狱公路》，"飞行员开口道，"齐柏林飞艇乐队的《天堂的阶梯》，还有 ZZ Top 乐队和摩托头乐队的歌。此外，我还找到了埃米纳姆、五十美分、胖男孩的歌。你选哪个，伙计？"

耶格从口袋里掏出一张 CD，扔给飞行员，说道："还是听这个吧，第四首曲子。"

飞行员看了看 CD。"《飞翔的女武神》。"他哼了一声，"你确定不听《地狱公路》?"

他突然唱了起来，手指随着《地狱公路》的旋律有节奏地敲打着机身。

耶格笑了："还是等我们回来的时候再说吧，好吗?"

飞行员翻了个白眼："你们这些英国佬，好好放松一下吧。我们会让你们尽情享受的!"

耶格觉得，《飞翔的女武神》作为《现代启示录》这部以越南战争为背景的电影主题曲非常合适，也非常契合当前的任务。当然，这也是他结合飞行员的喜好做的折中选择，因为在耶格的印象中，机组成员也很喜欢这首曲子。

飞行员和机组人员也面临着一项艰巨的任务：他们要找到合适的地点，让探险队的十个人跳出机舱，从大概十千米的高空降落到事先定好的一小块林中空地，也就是探险队空降的目的地。

现在，耶格和探险队其他成员的命可以说全掌握在飞行员手中。

耶格绕到飞机尾部，爬上了飞机。他看了一眼黑漆漆的机舱内部，到处都是照明灯发出的微弱而诡异的红光。他数了数，九个人都到齐了，加上自己一共十个。与之前不一样的是，现在的手下他一个都不了解。他们只是一起为探险行动做了几天准备，仅此而已。

他的探险队成员已全部整装待发。每个人都穿着笨重厚实的戈尔特斯救生服，这种救生服是为高跳高开跳伞队员专门设计的。穿上这种救生服很难受，因为一旦进入潮湿闷热的热带丛林，衣服就会烫得像着火了一样。但如果不穿，他们吊在降落伞下穿过空气稀薄、寒冷刺骨的天空时，会被活活冻死。

三万英尺的高空，高度比珠穆朗玛峰的最高点还要高大约一千英尺。那里是低温低压的死亡地带，气温往往低到零下五十摄氏度，而且那个高度的风速和商业客机飞行的速度一样，非常可怕。如果没有专业的救生服、护目镜、手套和头盔等，人在眨眼之间就会被冻死，更何况跳伞队员还要在降落伞下待很长一段时间。

他们跳伞的高度不能降低，原因很简单，为了让他们抵达事先定好的目的地，跳伞后的滑翔路线图非常复杂，他们必须吊在降落伞下在空中飘四十多千米，要想飘这么远的路，只有从三万英尺的高空跳伞才能实现。此外，高跳高开跳伞还可以增加电视节目的戏剧性。

在机舱的正中央，摆放着两个酷似巨大号卷纸的容器。它们非常笨重，只能被安装在一组长度与地板相同的轨道上。耶格队伍里跳伞经验最丰富的两名队员——神岛广和彼得·克拉科会在跳伞前绑上它们，带着它们一起空降到指定地点。

容器内装着探险队的充气皮划艇及其辅助设备——这些东西太笨重，无法装在背包里。按业内行话，神岛广和克拉科这么做叫"乘地铁"。这样做身体要承受的压力非常大，但耶格对他们俩有信心。

他自己的任务更具挑战性。但他努力地安慰自己，以前也跳过很多次双人高跳高开，没有必要为能不能把伊琳娜·纳洛芙完好无损地送到地面而感到紧张。

他站在其他探险队员的对面。他们一字排开坐在机舱里的座位上。对面坐着几个负责帮助探险队员安全离开机舱的投放员。

由于这次探险行动涉及的方方面面几乎横跨了半个地球，所有人都需要在统一的时间内开展工作。耶格要做的就是严格按照军事行动的标准做事。他单膝跪地，将衣服的左袖口卷起。

"注意，"他大声喊道，努力让自己的声音盖过飞机发动机的噪声，"现在开始对表，确认格林尼治标准时间。"

对面的一排探险队员穿着笨重的行头，努力挣扎着露出他们腕上的手表。确保每个人的手表显示的时间都一样，这对接下来的行动至关重要。

探险队与在他们上空盘旋的飞艇基本都会在玻利维亚活动。而这架 C-130 运输机从巴西起飞，时间比玻利维亚提前了一个小时，比位于伦敦的野狗传媒公司总部提前了两个小时。

任务结束时，如果耶格呼叫飞机接应他们，却因为时差问题，导致探险队队员或者接应他们的飞机比预定时间晚了三个小时抵达约定地点，那显然是毫无意义的。格林尼治标准时间是全球公认的标准时间，各个国家的军事行动都以这个时间为准，所以从现在开始，这次探险行动也将以此为准。

"再过三十秒，就是格林尼治标准时间五点整了。"耶格喊道。

每个人都死死盯着手表上的秒针。

"还有二十五秒，"耶格说着，抬头看了看所有探险队队员，"一切都正常吧？"

所有队员都陆续做出了肯定的手势。笨重的氧气面罩后，一双双眼睛闪烁着兴奋的光芒。在进行高跳高开跳伞运动时，必须戴好氧气面罩，让经过压缩的纯氧直接进入肺部，这些必须在起跳前做，才能减少出现高原反应的概率。严重的高原反应很可能在短时间内致人残疾甚至死亡。

虽然隔着氧气面罩，听不到队员们的声音，但耶格仍然感到非常兴奋。他的探险队看起来已经准备好空降到科迪勒拉山脉了。

"距离格林尼治标准时间五点整还有十秒钟……"他喊道，"七……四，三，二，一，时间到！"

他的话音刚落，队员们就纷纷点头表示赞同。他们的手表时间与格林尼治标准时间完全一致。

除了性能和质量绝佳的手表，所有人都没有佩戴其他东西。探险行动的黄金法则就是按钮和各种花里胡哨的小玩意儿越少越好。你最不需要的就是一块功能繁多的手表。各种笨重的按钮和表盘很可能会卡住或坏掉。"能简则简"是耶格从参加英国特种空勤团选拔时就始终坚持的原则。

他自己手腕上只戴着一块普通的暗绿色英国军用手表。手表的亮度很低，所以在暗夜里也不会暴露位置，而且它的表面没有镀铬，也不含任何会反光的金属——即使在阳光下也不会出现不合时宜的闪光。当然，在军队服役期间，他戴着这块表还有另一个原因：可以避免自己和别人不一样。

如果被俘虏了，谁都不希望自己身上有任何一样东西让你显得与众不同。事实上，每次执行任务，他和他的手下都会在行动之前把自己所有的随身物品都清理一遍，剪掉衣服上的标签，不留任何可以表明身份、军衔或者所属部队的证件或标识。

和中队里的士兵一样，耶格也接受训练，让自己成为一个身份不明的人。

呃，或者说几乎是一个身份不明的人。

就像现在这样，他让自己破了一次例：他总是随身携带着两张照片，折叠好，藏在左脚靴子的靴底里。一张照片是他童年时养的一只牧羊犬，那是泰德祖父送给他的礼物；这条狗接受了严格的训练，对耶格绝对忠诚，曾经与耶格形影不离。另一张照片则是露丝和卢克，耶格现在还很抗拒忘记他们。

其实不管执行什么任务，都应该绝对禁止携带这样的照片，但有时，有些东西比规则更重要。

对好了表，耶格走向自己的降落伞包。他扭动着身子费劲地穿上装备，把背带收紧，"啪"的一声扣上了胸前的金属扣。最后，又紧了紧套在大腿上的带子。他感觉背上仿佛绑着一大袋煤炭之类的东西，但这还只是个开始。

在他们第一次尝试高跳高开跳伞时，沉重的背包和降落伞包会一起绑在跳伞者的背上，这就使得跳伞者背部的压力非常沉重。如果由于各种原因，跳伞者在跳伞过程中失去了意识，那么他背上过多的负重会使得他的身体在自由落体时翻转过来。

降落伞的设定是到一定高度会自动打开，但如果跳伞者失去知觉，仰面坠落，降落伞就会在他的身体下方打开。这样的话，跳伞者的身体会撞上自己的降落伞，然后被降落伞牢牢地包裹着，人与伞一起像石头一样重重地掉到地面。

值得庆幸的是，耶格和他的团队使用的是 BT80——一种更加先进的降落伞包。这种降落伞包可以把沉重的背包挂在一个结实的帆布袋里，然后一起绑在跳伞者的胸前。这样，即使跳伞者昏过去了，胸前的负重也能迫使他脸朝地，正面朝下降落。降落伞自动开启时，就会在跳伞者的身体上方打开，这样就可以救跳伞者的命。

投放员们在耶格周围忙活，帮他收紧皮带，对他随身携带的东西进行细微的调整。这一点至关重要。跳伞时，沉重的背包会悬吊在降落伞下面长达一小时。如果重量不均衡或背带松动，跳伞者身上的全部装备都会随之摇摆和移动，它们会摩擦跳伞者的身体，导致他们的身体变得血肉模糊，还会使跳伞者在下降过程失去平衡。

耶格可不需要一群浑身是伤的队员陪他一起探索丛林。在那种潮湿闷热的环境中，伤口很容易发炎溃烂。任何人受了这样的伤，对他个人来说，都意味着本次探险行动的结束。

耶格戴上了那个笨重的头盔。投放员将氧气罐绑在他的胸前，然后将氧气面罩递给他，氧气面罩通过一根有棱纹的橡胶软管连接到他胸前的氧气罐上。他把氧气面罩戴好，深深地吸了一口气，检查它的密闭性是否良好。

三万英尺的高空中，氧气稀薄得厉害。

如果氧气面罩失灵，哪怕只是几秒钟，他都死定了。

耶格感觉一股纯净、冰冷的氧气涌进他的大脑，让他无比兴奋。他戴上皮革手套，再戴上厚厚的戈尔特斯防护手套，这些可以帮他抵御跳伞后高空的酷寒。

跳伞的时候，他会把武器——一把标准的贝内利M4战斗霰弹枪，带可折叠枪托——挂在左肩上，枪管向下，绑在身上。跳伞过程中，跳伞者很有可能丢掉他的背包，在这种情况下，保护好武器至关重要。

耶格不知道这次行动会有什么敌对势力在地面上

等着他们，但那里有一个与世隔绝的部落需要对付，就是那个叫阿玛胡阿卡的印第安部落。据说他们上一次出现在人前，就是向一群误入他们领地的淘金者射毒箭。

那些矿工疯狂地逃命，差一点就不能活着向外面的人讲述这段可怕的经历。

耶格并不觉得那些印第安人如此强硬地捍卫自己的领土有什么过错。如果外面的人只是为了去他们那里非法淘金开矿，还有伐木，那么他甚至会同情那些印第安人——开矿和伐木都会污染和破坏他们的森林家园。

但这也意味着，任何闯入那个部落领地的外人——包括耶格和他手下的探险队员——都注定会被视为敌人，尤其是他们以空降的方式直接降落到这个部落领地的中心位置时。事实上，耶格也不知道他们落地后会遇到什么样的敌人，如果有敌人，他的经验告诉他，要时刻做好应对一切的准备。

这就是他选择霰弹枪作为武器的原因。霰弹枪非常适合在密林中进行近身格斗。作为一种大口径武器，它本身的威力就很大，所以你根本无须在夜幕下或者密密麻麻的丛林中精确瞄准你的目标。

你只需要将枪口对准目标所在的大致方向，然后扣动扳机开枪射击就行。

第 十 二 章

死神在黑暗中潜伏

事实上，如果他们真的遇到那个部落，耶格更希望他们能以一种相对和平的方式解决问题。他内心深处急切地盼望着这个想法能够实现。毕竟如果有人非常了解这片热带雨林的奥秘，那一定是这些土生土长的印第安人——他们在那里生活了无数个世纪，积累了丰富的知识和经验，这些无疑是解开热带雨林古老秘密的钥匙。

将所有装备穿戴整齐后，耶格拖着沉重的脚步找了个位置坐了下来。

他的位置离舱门最近，准备第一个跳伞。

纳洛芙就坐在他的身边。

系好安全带后，那臃肿的体态，沉重的负荷，让他感觉自己就像个讨厌的雪人。机舱里又热又封闭，而且他讨厌干等着。

飞机的舱门缓缓地关上了。

机舱顿时变成了一条阴暗的通道，看起来就像个巨大的钢铁棺材。

他们还要飞大约四个小时，所以如果一切按计划进行，他们将在格林尼治标准时间上午九点左右抵达既定的空降地点上空。他们会从飞机里跳出来，一共十个人，每个都穿着卡其绿色的衣服，脸上涂着深色油彩，悬挂在亚光黑色的降落伞下。

他们将悄无声息地降落在地面上。这一切都具有高度戏剧性，对电视节目来说是非常棒的看点。但耶格觉得低调行事会更好。

飞机突然开始颠簸，沿着烈日炎炎的跑道向前滑行。耶格觉得飞机的滑行速度很慢，然后涡轮机越转越快，发出越来越刺耳的轰鸣声。飞行员在放开制动器前对飞机进行最后一次例行检查，耶格感觉飞机发动机的尖叫声让他浑身兴奋。

机舱的空气中弥漫着飞机专用汽油燃烧形成的烟雾，但耶格只能感觉到令人兴奋的纯氧。他身上穿戴着全套的高跳高开跳伞装备——救生服、手套、氧气罐、降落伞包、头盔、氧气面罩、护目镜等，这些勒得他很难受，让他喘不过气。

在这种情况下很难保持理智。

氧气会让你高度兴奋，就像喝了很多酒，但不用担心酒后的宿醉。

涡轮机的尖叫声突然变了，C-130猛地向前冲去，速度越来越快。几秒钟后，耶格感觉它已经离开地面，在闷热的天空中逐渐向上爬升。他把手伸到身后，接通了飞机的对讲机，这样就可以听到飞行员的对话。

准备跳伞时，这样做总能使他平静下来。

"空速①一百八十节。"飞行员的声音在耳边响起，

① 空速是指航空器相对于周围未扰动空气的速度，航空器上空速表所指示的读数为指示空速，其单位一般为节。——译者注

"高度一千五百英尺。爬升率……"

此时，进入丛林唯一的威胁就是丛林上空正在形成的风暴。无论地面上天气情况如何，在三万英尺的高空中，天气情况都不难预测——寒冷、大风，一如既往地稳定。但是，如果地面上发生了热带风暴，就可能会导致跳伞者无法空降。

如果遭遇了风速超过十五节的横风，他们会很难降落。降落伞会被大风刮跑，跳伞者和他身上的东西也会被风刮走，而且他们选择的着陆点也会有各种潜藏的危险，跳伞风险立刻翻倍。

一条大河——当地人称之为神河——在丛林中弯弯曲曲地流过。在一段特别曲折的河段中，有一片细长条形状的沙洲，上面几乎没有任何植物。可以说，这里是茂密广阔的丛林中为数不多的几块空地之一，也因此被他们选为着陆点。

但在这里着陆不能有半点偏差。

沙洲一侧是河岸，岸上全都是高耸茂密的丛林。如果空降时被风刮偏，探险队员就会重重地撞到树上。如果被风刮到沙洲的另一侧，他们就会掉进神河，身上沉重的负荷会拖着他们沉入河底。

"高度三千五百英尺，"飞行员的声音再次响起，"空速二百五十节，爬升到巡航①高度。"

"看到丛林里那条河了吗？"领航员插话说，"我们沿着它往西飞大约一个小时。"

"知道了，"飞行员答道，"真是个美丽的早晨。"

耶格听着对话，突然感觉一阵恶心。他通常不会晕机，但被整套高跳高开跳伞装备包裹着、约束着，他感觉疲惫不堪。

在进行高跳高开跳伞训练时，他必须接受一系列测试，这些测试是为了检测他对高海拔、低氧环境和方向感错乱的耐受力。他曾被关在一间加压室里，体验逐渐上升到三万英尺高空时可能会经历的种种恶劣情况。

当时，每上升三千英尺，他就得扯下氧气面罩，大声喊出自己的名字、军衔和所属部队番号，然后再把氧气面罩戴好。

---

① 巡航是指飞机完成起飞阶段进入预定航线后的飞行状态。——译者注

他感觉没什么问题。

但后来，他被放进了可怕的离心机中。

离心机就像一台疯狂的大型洗衣机，带着他转了一圈又一圈，而且越转越快，直到他快晕过去了依旧不停止。在失去意识之前，他会出现灰视，也就是周围的景象会变成支离破碎的灰色。出现灰视情况之前，必须清楚地感知到，只有这样，才能在跳伞时察觉到类似的情况，及时摆脱困境。

离心机太可怕了，就是现在想起来，耶格都感到一阵恶心。

训练结束后，他们送给耶格一个录像带作为纪念。走出离心机时，人的形象一点也不好看，眼睛就像吃了杀虫药的大黄蜂一样突出，脸部凹陷，脸颊抽动，瘦骨嶙峋，五官扭曲得一塌糊涂。

耶格感觉离心机几乎要把自己撕碎了。作为一个喜欢开放的野外环境的人，他讨厌爬进那个封闭的金属桶，那个令人窒息的钢铁棺材。那感觉就像被关在监狱或者坟墓里。

耶格讨厌被关起来，也讨厌被任何东西约束限制。

就像现在这样，穿着整套的高跳高开跳伞装备，等着跳伞。

他靠在椅背上，闭上眼睛，想让自己休息一下。这是他在特种部队学到的首要原则：能吃就吃，能睡就睡，因为你永远不知道下次休息是什么时候。

过了一会儿，他感觉到有人在摇他。是一个投放员。有那么一瞬间，他以为该跳伞了，但扫了眼手下的队员，发现没人准备出舱。

投放员凑过来，对着他的耳朵大声说道："飞行员要到船尾来说几句话。"

耶格抬头瞥了一眼，看见一个人影绕过领航员走了出来，领航员正坐在驾驶舱后部的折叠式座椅上。

耶格觉得，飞行员一定是把飞机的控制权暂时交给了副驾驶。飞行员走到耶格面前，俯下身子，努力让自己的声音盖过引擎的轰鸣声，大声地说："你在后面怎么样？"

"睡得像个婴儿。和真正的专业人士一起飞行就是这么愉快。"

"抓紧时间打个盹儿挺好，"飞行员说道，"但我必须要说个情况，发生了一些意外的事情。我觉得有必要提醒你们一下。虽然不知道这意味着什么，但是……起飞后没多久，我就感觉有人在跟踪我们。一朝为夜行者，终身为夜行者，你懂我的意思吧。"

耶格扬了扬眉毛："你原来是美国陆军第一百六十特种作战航空团的？"

"当然，"飞行员咆哮道，"在我老得不能再干那行之前。"

美国陆军第一百六十特种作战航空团，代号"暗夜潜行者"，是美国最重要的秘密空降作战部队。有几次，耶格深入敌后，被敌人紧紧跟踪时，曾发现有特种作战航空团的战斗搜救直升机尾随其后。

"没有比你们更优秀的特种部队了，"耶格对飞行员说，"向你们表示敬意。你们曾多次把我们从困境中救出来。"

飞行员把手伸进口袋，掏出一枚军事挑战硬币，把它塞到耶格手里。

硬币的大小和形状和一大块巧克力币差不多，就是耶格在圣诞节时放在卢克的长袜里的那种。对耶格一家来说，圣诞节是个非常特殊的日子，直到最后……那个让耶格完全崩溃的灾难降临。那段记忆让耶格一瞬间心口刺痛。

特种作战航空团的挑战币摸起来冰冷、厚重。挑战币的一面刻着部队的徽章，另一面则刻着一句格言：死神在暗夜中潜伏。美国军队有个由来已久的传统，会向所属战士赠送挑战币。遗憾的是，英国军队没有这样的传统。

耶格拿着这枚挑战币，感到非常荣幸。他决定在即将到来的探险行动中随身携带它。

"所以，我刚刚进行了三百六十度全方位的扫描，"飞行员继续说，"结果显示，一架小型民用飞机一直远远地跟在我们后面。尽管它一直小心地藏在我的盲区，但越是这样，我就越确定我们身后有尾巴。它现在还藏在那里，离我们大概有四英里远，我们已经飞行了一小时二十分钟了。"

"从雷达信号看，它的飞机型号有点像是里尔85，"飞行员接着说，"小型、快速、反应灵敏的私人客机。你需要我给他们打个电话，问问他们到底为什么跟着我们吗？"

耶格想了一会儿。很显然，这架飞机看起来就是为了监视前面的飞机，搞清楚他们想做什么。许多战争的胜负，最终都取决于谁的情报更准确、更全面，而耶格也不喜欢被人监视。

"有可能是巧合吗？也许这架商业航班恰好和我们走同一个方向，巡航速度也一样？"

飞行员摇了摇头。"不可能。里尔 85 飞机的巡航高度高达四万九千英尺。我们只有三万英尺，就是你们跳伞起跳的高度。飞行员一般都会在不同的高度飞行，避免空域冲突。而且里尔飞机的巡航速度比我们这架飞机快整整一百节。"

"他们会给我们带来麻烦吗？"耶格问，"在后面的空降行动中？"

"里尔对战'大力神'？"飞行员大笑起来，"我倒想让他们试试看。"他盯着耶格，继续说："但是它一直跟着我们，还藏在我们的视线盲区。毫无疑问，我们身后跟了条尾巴。"

"那就让他们以为，我们不知道他们在那里吧。这样，我们就有了更多的选择。"

飞行员点点头。"我觉得也是，让他们继续猜。"

"也许对方不是敌人？"耶格说，"只是想知道我们在做什么。"

飞行员耸了耸肩。"可能吧。但你应该知道一句老话，'自以为是是一切失败之母'。"

耶格笑了。这是他们在特种空勤团时最喜欢说的一句话。"那么，我们就假设跟踪我们的人不是带着一车礼物的圣诞老人。麻烦你密切关注他们的动向。如果有变化，请随时告诉我。"

"知道了，"飞行员说，"另外，我会让飞机尽量飞得平稳些，这样你就可以多休息一下了。"

耶格向后一靠，想继续睡觉，可不知为何突然觉得焦躁不安。不管从哪个角度看，他都搞不清楚那架神秘飞机到底隐藏着什么秘密。他把飞行员送给他的"暗夜潜行者"挑战币塞进口袋，却不小心碰到一张折起来的纸。他差点忘记了这张纸的存在。

离开里约热内卢前不久，他出乎意料地收到了一封电子邮件，是档案管理员西蒙·詹金森发来的。在即将到来的探险行动中，耶格不会带笔记本电脑也不会带智能手机——他们要去的地方没有电，也没有移动信号，因此他就把那封电子邮件打印了一份，放在口袋里。

现在他又仔细浏览了一遍邮件内容。

你让我一有发现就通知你。英国国家档案馆刚刚根据"七十年解禁原则"开放了一份新文件，档案号为 AVIA 54/1403A。当看到那份文件时，我被彻底吓到了，简直无法相信这是真的。太可怕了，简直让我毛骨悚然。在我看来，如果审查人员真的认真履行了他的职责，那他根本不会允许这样的文件公之于众。

我已经申请了这份文件完整版的复印件，但还需要等待很长时间才能拿到。等拿到完整的文件，我会在第一时间通过电子邮件发给你。我设法用手机偷拍了几张照片，具体内容你可以看附件。有一个人名很关键，他叫汉斯·卡姆勒，我再提一下他在第二次世界大战时期的头衔：党卫军全国总指挥汉斯·卡姆勒。毫无疑问，卡姆勒是关键。

英国国家档案馆位于伦敦西部的基尤，里面收藏了几个世纪以来英国政府的工作文件。你可以随时去档案馆查阅这些公开的文件，但如果想将这些文件带回家认真研究，你就必须按档案馆的规定预定文件的复印件，绝对不能私自复印这些文件。

詹金森竟然能用手机偷拍档案馆的文件，这一点让耶格非常吃惊。

很明显，这位档案管理员也有不为人知的小秘密。

又或许是这些文件看起来实在太特殊，就像詹金森说的那样，让人"毛骨悚然"，才让他忍不住打破了应该遵守的规则。

耶格将詹金森说的附件照片下载了下来。照片很模糊，但还是能看出它是第二次世界大战时期英国空军总部的一份情报简报。文件顶端印有一行红字："保密等级最高——超级机密：上锁保存，永远不要拿出这间办公室。"

文件上写着：

截获情报，1945 年 2 月 3 日。内容翻译如下：

元首谕，元首特命党卫军全国总指挥和党卫军上将汉斯·卡姆勒全权代表自己。

主题：元首的特殊任务——可参考 Aktion Adlerflug（"飞鹰行动"）。

保密等级：Kriegsentscheidend（高于绝密）。

行动内容：卡姆勒全权代表元首，负责指挥德国空军的所有部门、人员（包括飞行人员和一般工作人员），负责飞机的分配和研发，以及所有相关物资的供应事宜，包括燃料以及机场等地面组织运输事宜。卡姆勒的德国体育场总部将成为统筹分配所有军用设备和军需物资的总部。

卡姆勒负责将所有重要的军工企业转移到敌人找不到的地方。卡姆勒负责组建搬迁突击队指挥中心，中队配备两百架 LKW 容克斯飞机，负责军工厂及相关设施的撤离、搬迁及转运事宜，以便后续重新将其分配到预先确定的安全避难所。

詹金森还加了一条备注，大意是说"LKW 容克斯飞机是纳粹对 JU-390 的别称"。

耶格在网上搜索了"全权代表"这个词。据他所知，这意味着这个人被授予了非凡的权力。也可以说，卡姆勒是希特勒的得力助手和左膀右臂，有权做任何必要的事情。

詹金森的邮件非常有诱惑力。这似乎表明汉斯·卡姆勒的任务是在第二次世界大战结束前夕，转移纳粹的重要武器，避免其被盟军发现。如果詹金森是对的，那么要想完成这个任务就必须有一队 JU-390 战斗机。

耶格当时给詹金森回了一封电子邮件，询问他卡姆勒的档案意味着什么。但他没有收到回复，至少在他登上飞机飞往亚马孙丛林腹地之前没有。他不得不忍受得不到答案的痛苦，至少在探险结束之前，这种煎熬会一直伴随着他。

"距离起跳还有二十分钟。"飞行员的声音打断了耶格的思绪，"天气预报说天气晴朗，飞行路线不变。"

机舱里刮来一阵刺骨的冷风。耶格拍了拍他几乎冻僵的双手，试图让它们恢复正常。他现在非常想喝一杯热气腾腾的咖啡。

"大力神"飞机目前在预定的着陆地点以东约二百千米处。他们通过一系列极其复杂的计算，同时还考虑了三万英尺及以下各个高度的风速、风向，最终算出了起跳的准确位置。探险队员将从那里起跳，在空中滑翔四十千米进入沙洲。

"距离起跳还有十分钟。"飞行员继续说。

耶格站了起来。

他左手边的探险队员们也紧接着从座位上站了起来，僵硬地跺着脚驱寒。他弯下腰，用一组厚实的钢铁夹子把沉重的背包固定在胸前。等他起跳后，背包就会垂在他的胸前，挂在一组滑轮上。

"距离起跳还有八分钟。"飞行员喊道。

耶格的背包有三十五千克重，背上还绑着几乎同等重量的降落伞装备。此外，他还随身携带着十五千克重的武器、弹药和氧气罐，全身负重加起来接近九十千克，甚至超过了他的体重。

耶格身高五英尺九英寸，常年的锻炼让他的身体健壮敏捷。人们都觉得特种部队的战士个个都是怪物，是真正的巨人。当然，也确实有一些特种战士——比如拉夫——身材魁梧，但更多的特种战士则是像耶格一样，体形修长，像豹子一样勇猛敏捷。

领头的投放员向后退了一步，好让耶格能看到他。然后，他伸出五根手指，意思是还有五分钟起跳。耶格已经放下了对讲机，听不见飞行员的声音。从现在开始到起跳前，只能看手势进行下一步动作。

投放员举起右拳，朝里面吹了口气。吹气的同时，他的手像一朵徐徐绽开的花一样缓缓张开。他举起五根手指，快速晃了两下。这是在告诉耶格，目前地面风速十节。耶格松了口气，这个风速不影响空降。

他最后一次紧了紧皮带，仔细检查随身携带的装备。投放员伸出三根指头，在他面前迅速晃了晃，告诉他还有三分钟起跳。该把伊琳娜·纳洛芙绑在自己身上，为双人跳伞做准备了。

耶格转过身，一只手提着沉重的背包，另一只手扶着机舱的墙壁，费力地走向机尾。把同伴绑在身上之前，他要尽可能离舱门近一些。

前方传来一声闷响，紧接着是机械启动时发出的嘎吱嘎吱的声音，随后一股刺骨的寒风涌了进来。舱门打开了，正在徐徐下降，进入机舱的寒风越来越猛烈。

在努力靠近翻腾的气流时，耶格的心中隐约期待着飞机的喇叭里能传出瓦格纳的音符。通常这个时候，飞行员都会放音乐。

可没想到，他听到的却是一阵狂野的吉他演奏，然后是重重地敲打架子鼓的声音。紧接着，重摇滚乐队主唱标志性的狂躁高音传了出来……

这是硬石乐队的《地狱公路》。

很显然，飞行员是个货真价实的"暗夜潜行者"，他执意要按自己的方式做事。

狂野的合唱声响起时，领头的投放员将一个人影——伊琳娜·纳洛芙推向了耶格，准备将她绑到耶格身上。

地狱公路……

飞行员似乎在通过这首歌的名字向耶格暗示，他们这支探险队正在踏上被诅咒的单向旅程。

真的是这样吗？耶格也不知道。他们是在向地狱进发吗？

这次任务是要把他们带到那里去吗？

　　他由衷希望并虔诚祈祷着，丛林中等待他们的是更好的命运。

　　然而，他又有点担心他们会在众神之山中陷入最糟糕的境地。

第 十 三 章

地狱之路

　　耶格努力想把那狂野的歌声从他脑海里抹去。他和面前这个身材高挑、肌肉匀称紧实的俄罗斯女人对视了一会儿。她的身材很好，看起来既不胖也不瘦，没有一丝赘肉。

　　耶格不知道他到底希望从她的目光中看到什么。

　　担忧？害怕？

　　或是惊慌失措？

　　纳洛芙原来隶属俄罗斯特种部队，有点像英国特种空勤团。按理说，曾经当过特种部队军官的她，应该非常沉着冷静。但耶格也知道，许多优秀的战士在即将跳入寒冷刺骨的蓝天中时，很有可能会情绪崩溃。

在这个高度，地球的弧度清晰可见，一直延伸到看起来像铅笔一样纤细的地平线。即使天气晴朗，跳伞时各方面条件绝佳，从 C-130 的机舱里一跃而下也足以让人心生畏惧。从如此高的高空起跳，可以说完全靠信念支撑，那感觉可能像下地狱一样可怕。

但当他看着纳洛芙冰蓝色的眼睛时，耶格却只能察觉到一种难以捉摸、不可思议的平静。她眼神中流露出来的那种令人惊讶的平静、坚定与沉稳，好像在说任何事情都无法动摇她的意志，哪怕是从三万英尺的高空纵身跃下。

她把目光从他的身上移开，转过身背对着他。

他们俩拖着沉重的步子慢慢靠近。

双人跳伞时，两个人都要朝着同一个方向跳。耶格的降落伞足以承受他们两个人下坠时的力量，可以带着他们一路滑翔到着陆地点。站在两人身侧的投放员把他们俩紧紧地绑在一起。

耶格以前进行过很多次双人跳伞。他知道自己不应该有这样的感觉——如此近距离地接近另一个人，竟让他不由自主地尴尬不安。

在此之前，和他一起进行双人跳伞的都是特种部队的战友，和他亲如兄弟。他很了解他们，如果需要，他也很乐意和他们一起并肩作战。但现在他觉得和一个完全陌生的女人绑在一起很不舒服。

更何况，纳洛芙目前还是探险队中他最不信任的人，是安迪·史密斯谋杀案的第一嫌疑人。然而，有一点他无法否认——纳洛芙那惊人的美貌实在让他心神不宁。无论他多么努力地想把这些想法抛到脑后，将注意力集中在跳伞上，但就是没用。

硬石乐队狂野的歌声冲击着他的大脑，这样的音乐对他来说一点帮助都没有。

耶格回头看了一眼。现在一切都在有条不紊地进行。

他看到投放员正推着那两个酷似巨大号卷纸的容器沿着贯穿机舱的轨道向前滚动。神岛广和克拉科夫拖着沉重的步子走在前面，弯着腰好像在祈祷。

投放员把那两个容器绑在他们胸前。在耶格和纳洛芙起跳后几秒钟，他们也要推着容器，跟着跳出机舱。

耶格转过身，面对着舱外，外面阳光正好。

这时，飞机喇叭里传出来的那狂乱的歌声突然停了下来。《地狱公路》戛然而止。机舱一片静寂，只有风在呼呼地吹，过了几秒钟，耶格听到了一段新的曲子。原先播放《地狱公路》的喇叭，开始响起了一段独特有力、引人遐想的曲子，声音在整个机舱里回荡。

毫无疑问，是古典音乐。

耶格笑了笑。

飞行员虽然刺激了他一下，但最后还是如了他的愿。在起跳前的最后几秒钟，终究还是播放了瓦格纳的《飞翔的女武神》。

耶格和这首曲子的渊源很深。

在加入英国特种空勤团之前，他曾是皇家海军陆战队的一名突击队员。他接受了跳伞训练，在他获得英国伞兵飞行勋章的仪式上播放的就是这首《飞翔的女武神》。有很多次，他和他的特种空勤团战友一起从C-130飞机上跳出来的时候，喇叭里播放的都是瓦格纳的这首经典作品。

这支曲子可以说是英国空降部队的非正式军歌。

在执行这样一项任务时，跳伞前能听到这样一支曲子显然让人心情愉悦。

耶格下定决心，准备专心跳伞，却突然想起那架跟踪他们的飞机。C-130 飞行员没有再和他提及此事。耶格估计它已经不见了，也许是在"大力神"越过边境进入玻利维亚领空时放弃跟踪的。

它肯定不会干扰探险队的空降行动，不然飞行员是不会让他们跳伞的。

耶格把这件事抛到了脑后。

他用胳膊肘推了推纳洛芙，两人一起迈着沉重的步子向舱门走去。投放员们给自己扣上安全带，免得被风刮出舱外。

高跳高开式跳伞的秘诀就在于始终保持感知空间位置的敏锐性，在一群跳伞者当中准确地判断自己所处的位置。作为领跳，耶格要牢牢掌握所有队员的位置。如果某个人偏离了路线，他不一定能用无线电把掉队的人叫回来，因为在自由落体的过程中，混乱的气流和呼啸的风声会使通信变得极其困难。

耶格和纳洛芙在舱门边缘停了下来。

其他探险队员在他们身后排成一排。耶格感觉自己的心脏像机关枪一样突突直跳，让他热血沸腾、心情激动。他们仿佛站在世界的穹顶之上，头顶是满天的繁星。

投放员又仔细地看了一遍所有的跳伞者，确保没有带子打结、卡住或者拖着挂着的问题。耶格只能凭感觉来确认纳洛芙与他相连的所有点都很紧、很结实。

领头的投放员开口说出了最后的指令："检查装备，从后往前报数！"

"十号准备完毕！"最后面的人喊道。

"九号准备完毕！"

每个人都会在喊话时，拍一拍前面队友的肩膀。没有拍肩膀，就意味着后面的人有麻烦了。

"三号准备完毕！"耶格感觉那人重重地拍了一下他的背。是迈克·戴尔，这位年轻的澳大利亚摄像师头盔上绑着一台微型摄像机，会跟踪拍摄耶格和纳洛芙跳出舱门的场景。

趁着还能说出话，耶格强迫自己喊道："一号、二号准备完毕!"

探险队员们挤得更紧了，在空中太过分散，他们中的某些人就有可能会在自由落体过程中偏离路线。

耶格看了看起跳灯。

起跳灯开始闪红光，意思是预备。

他越过纳洛芙的肩膀，往前方看了一眼。纳洛芙散落的几缕头发被风吹到了耶格脸上。舱门外阳光刺眼，风声呼啸。

他感觉风在疯狂地撕扯他的头盔和护目镜。他低下头，打起精神，准备起跳。

他眼角的余光瞥到了起跳灯的红光开始泛绿。

投放员后退了一步，大声喊道:"跳! 快跳!"

耶格猛地推了推纳洛芙，把她推到身前，然后纵身跳向舱外。他们一起跌落到风声呼啸的空中。但他们离开舱门的那一瞬间，耶格感觉被什么东西绊了一下，然后自己就和纳洛芙一起失去平衡跌出了机舱。他立刻就明白发生了什么，起跳不稳。

他们被甩了出去，失去了平衡，开始在空中旋转。

情况有可能变得更加糟糕。耶格和纳洛芙被吸进了飞机尾流^①的旋涡中。混乱的气流将他们抛向空中，速度比之前更快。很快，他们被飞机的尾流甩出去，开始向地面坠落，看起来就像一个失控的巨大陀螺，在空中不停地旋转。

耶格试图集中精神计算时间，准备在合适的时候冒险打开降落伞。

"三千零三，三千零四……"

计算时间时，他突然意识到情况正在迅速恶化。他们并没有稳定下来，旋转似乎完全无法停下来。他想起了可怕的离心机，只是现在那个可怕的噩梦真实地发生在三万英尺的高空中。

他试图估算他们旋转的速度，看看是否可以冒险打开降落伞。想要达到这个目的，唯一的办法就是估算眼前的景象从蓝到绿变化的速度有多快。蓝色是天空，绿色是丛林。

蓝——绿——蓝——绿——蓝——绿——蓝——绿——蓝——绿……啊！

---

① 指飞机桨盘后被螺旋桨搅扰过形成的气流。——译者注

耶格现在只能努力地保持清醒，根本没精力注意空中的景象变化。

按照空降行动的计划，探险队员们在起跳后自由落体的过程中要保持前后一致，跟着耶格开伞。这样，他们才能一起顺利地空降到预定地点。但由于耶格和纳洛芙是双人跳伞，混乱的气流将他们甩到了空中，他们与其他人彻底失去了联系。

他们不受控地向地面坠落，旋转得越来越快。风速越来越快，地心引力也越来越强，呼啸的狂风用力撕扯着耶格的脑袋。他觉得自己好像被绑在一辆失控的巨型摩托车上，正以每小时四百千米的速度沿着螺旋形的隧道奔驰。考虑到风冷的因素，此时的温度差不多得有零下一百摄氏度。随着旋转加速，耶格感觉自己快要冻僵的眼球即将出现灰视。

他的视野一片模糊。身体也缺氧了，完全喘不上气。他的肺火辣辣地疼，却依旧在拼命从氧气罐里吸取氧气。他的意识开始模糊，甚至无法判断自己是谁，现在身处何地。

他身侧绑着的霰弹枪像棒球棒一样剧烈地抖动着，折叠的枪托噼噼啪啪地敲打着头盔。

枪原本紧紧地拴在他身上，但不知怎么回事，在自由落体的过程中绑枪的带子突然松了，这让他们的处境雪上加霜。

耶格感觉自己马上就要失去知觉了。

他完全不敢想象纳洛芙的处境。

耶格感觉头晕眼花，方向感错乱，脑袋疼得要爆炸。他努力地强迫自己集中注意力。他必须稳住身形，不能像现在这样继续坠落。纳洛芙还需要他，其他队员也需要他。

只有一个办法能让旋转停下来。

赶紧开始吧。

他把胳膊缩到胸前，然后把胳膊和腿用力张开，艰难地摆成一个五角星的姿态，后背极力对抗着那股可能把他撕成碎片的可怕力量。肌肉因疼痛和压力不停地颤抖。他勉力维持着这个姿势，试图在稀薄的空气中稳定身形，巨大的撕扯痛疼得他忍不住发出一声痛苦的尖叫。

"啊——"

在这世界的穹顶之上，反正也没有其他人能听到他凄厉的惨叫。

他绷紧自己的胳膊和腿，在空中维持着五角星的姿态。他的身体微微弓着穿过令人绝望的、稀薄的大气层。刺骨的寒风在他耳边咆哮，四肢疼痛难忍。只要他能在足够长的时间里保持住现在这个姿势，就能停止旋转，稳住身形，就有可能活着渡过难关。

慢慢地，被折磨得痛苦不堪的耶格感觉转速在逐渐减缓。

他和纳洛芙终于停止了旋转。

他强迫自己集中精神，映入眼帘的是一片刺眼的蓝色。

蓝色意味着天空。

他不自觉地骂了出来——搞错方向了。

他们俩正背对着地面，以致命的速度飞快地向茂密的丛林坠落。每过一秒，他们就离能让他们粉身碎骨的地面更近。但如果耶格现在开伞，降落伞就会在他们身体下方打开。他们会撞到降落伞里，被降落伞牢牢包裹住，撞向地面。

他们会以每小时四百千米的速度撞入丛林。

粉身碎骨。

或者说一男一女，相拥而死。

耶格改变了姿势，收回右臂，转过肩膀，想让身体翻转过来。他们必须马上转过来面对绿色。

绿色代表地面。

但不知什么原因，这个动作导致了最糟糕的结果——他们又开始旋转了。

有一瞬间，他几乎要陷入恐慌之中。他胳膊不由自主地伸向降落伞的开伞索，好不容易才强迫自己把手停下来。他强迫自己想起跳伞实验时用特制假人反复测试的场景。

如果在旋转的过程中打开降落伞，那就是在自找麻烦，绝对会吃大亏。

那些绳子会紧紧地缠在一起，就像孩子用叉子把意大利面卷起来一样。这可不是什么好事。

转速越来越快，耶格知道，他马上要进入完全灰视的状态了。这实在是让人崩溃。那感觉就像置身于疯狂旋转的离心机中，但现在是在高空中，连停下来都做不到。他的视线开始变得模糊，随时都可能失去知觉，昏迷过去。

"集中注意力！"他挣扎着低吼道。

他暗暗咒骂自己，试图让自己的大脑保持清醒。

"集中注意力！集中——注意力！"

现在对他来说，每一秒钟都很宝贵。他需要把身体摆回五角星的姿态，并让纳洛芙做出同样的动作，这样才有可能再次稳住身形。

他们只能用肢体语言和手势进行交流。耶格努力抓住纳洛芙的胳膊，告诉她自己想干什么。这时，他疲惫不堪的身体清楚地感觉到纳洛芙开始拼命地挣扎，似乎想挣脱他。

模糊的视野里，好像有什么东西闪着银光。

是把短刀。

突击队员经常使用的那种短刀。

短刀突然刺向他，马上就要插进他的胸口。

耶格立刻意识到纳洛芙要干什么。哪怕他觉得不可能，但事实上这是真的。纳洛芙正准备用刀捅他。

卡森的警告在他脑海中闪过："她身上随时都带着短刀，或许她会拿刀捅你。"

现在，刀正向他刺来。

耶格抬起右胳膊，用手腕上结实的高度表成功地挡住了刀刃。刀刃划过高度表厚厚的玻璃表盘，划破了他的衣袖。

他感觉右胳膊一阵刺痛。

她一击就把他划伤了。

纳洛芙又开始不停地挥舞着她手里的短刀，耶格绝望地抬手阻挡。

她再次挥刀，这次刺的位置低一些，显然是要刺向他的肚子。耶格的胳膊被冻僵了，速度太慢。

他没能挡住那一击。

他紧张地等待着那把刀深深地刺进他的腹部。其实她捅哪儿并不重要。

如果她在这里砍伤他，再以每秒钟三百英尺甚至更快的速度坠向地面，他必死无疑。

纳洛芙迅速有力地拿着刀子刺向他。

但奇怪的是，刀子准确无误地插进了他的肚子，耶格却没有感觉到疼。相反，他感觉纳洛芙把捆绑他们俩身体的带子割断了一根。

她反手一挑，锋利的刀刃又刺中了耶格，把坚韧结实的帆布和尼龙绳割成了两段。

割断了右手边的带子后，纳洛芙又拿刀向另一侧割去，干脆利落地割断了左边的带子。

几刀下去，她就割断了与耶格相连的全部带子。

紧接着，伊琳娜·纳洛芙，这个在耶格的探险队里最让人捉摸不透的人，翻身挣脱了耶格。

她离开耶格后，立刻把胳膊和腿张开，摆出五角星的姿态。她下坠的速度开始减缓，身形也开始逐渐稳定。耶格飞快地从她身边翻转而过。过了一会儿，只听头顶上"噼啪"一声，就像船帆迎风张开一样，一个降落伞在空中迅速绽开。

伊琳娜·纳洛芙打开了她的紧急降落伞。

没有另一个人的拖累，耶格的生存概率大大提高，比五秒前毫无希望的情况要好得多。他好不容易让自己停止旋转，稳住了身形。

　　两分钟后，耶格冒险拉动了开伞索——三百六十平方英尺的大降落伞在他身后"呼啦"一声张开。

　　一瞬间，他感觉好像有只大手伸了过来，拽着他的肩膀猛地向上扯。在以飞快的速度自由落体的时候突然减速，无异于以极快的速度开车撞到砖墙上，车上所有安全气囊同时打开。

　　耶格本来即将坠入丛林中摔得粉身碎骨，是他的降落伞救了他。更确切地说，是伊琳娜·纳洛芙用她的刀干脆利落地拯救了他们俩的生命。他向上看了看头顶，检查了一下降落伞。然后，他伸出手，抓住转向手柄，用力一抽，把降落伞完全撑开。

　　感谢老天，一切正常。

　　好不容易从自由落体时那令人作呕的旋转和震耳欲聋的风声中挣脱出来，耶格感觉现在安静多了。偶尔有风呼呼地吹过头顶。他集中精神平复自己剧烈的心跳，让混乱的大脑平静下来，好安心进入滑翔状态。

　　他冒险看了一眼高度表，现在他身处一千八百英尺的高空，刚刚经历了一场死亡之旅——从三万英尺的高空直线坠落了两万八千英尺。降落伞完全打开用了六秒。他花了不到十秒的时间撑开了伞，避免了以每小时两百千米的速度撞向地面。

就差那么一点点。

如果以那样的速度坠落地面，他恐怕会摔得粉身碎骨，队友们或许都没法从满是蕨类植物和腐烂木头的丛林里找到他的残骸，想安葬他都很困难。

耶格扫视了一下周围。

除了纳洛芙，没有见到其他人。

他忍着疼痛，低头用严重充血的眼睛向下看了看，底下是一大片宛如天鹅绒般翠绿的丛林，一片空地都看不见。

他估计他们距离预定着陆地点还有三十多千米。如果按原来的计划，他们应该在两万八千英尺的高空打开降落伞，再滑翔四十多千米进入那个沙洲。但起跳不稳和随之而来的夺命气流，让一切计划都泡汤了。

除了坚强勇猛的纳洛芙，耶格与探险队的其他成员失联了。

他和纳洛芙就像是两个孤独的伞兵，飘荡在炎热、潮湿的空中，不知道该降落在哪里。

但情况也没有变得更糟。

有那么一瞬间，耶格怀疑是不是他的武器在出舱门时卡住了，才让他们陷入近乎致命的气流中。但投放员怎么可能没发现呢？他们的工作就是确保每个跳伞员毫无阻碍地跳伞，不会被任何东西卡住。而且，耶格自己也在起跳前专门紧了紧绑在身上的枪。

多年来，耶格合作过无数的投放员。毫无疑问，他们全都非常专业。他们知道某种意义上讲，跳伞员的性命就攥在自己手里，一个小小的失误很有可能致命。他们现在能活着，完全是靠运气——他不得不承认，是纳洛芙的当机立断救了两人的性命。

投放员在他出舱时眼看着他武器松脱却没有阻止，怎么想都说不通。事实上，到目前为止，有一大堆事情都说不通。先是史密斯死了——确切地说，是被谋杀了。然后是那架来历不明的飞机一直跟在他们身后。现在还有这件事——起跳时被莫名其妙绊了一下。

是不是有投放员故意破坏他们的空降行动？

耶格不知道，但他开始怀疑后面可能还会出岔子。

事实上，现在就有个最棘手的问题等着他处理。

降落伞打开后，接下来最危险的时刻就是着陆，向来如此，尤其是当你完全不知道该在什么地方着陆的时候。一位跳伞教练曾经警告耶格，自由落体并不会导致跳伞员死亡，着陆才会。

纳洛芙切断与耶格连接在一起的所有带子，与他分开之后，耶格比纳洛芙多降落了几百英尺。探险队现在只剩下他们两个人了。对他们来说，目前最重要的就是在着陆时保持一致。耶格努力地集中注意力，让自己慢下来，这样纳洛芙才能跟上他。

耶格上方的纳洛芙吊在降落伞下连着左转了几次，每转一次，她就会飞速向下降落一段距离。耶格不停地扯动降落伞的制动索，减缓自己的下降速度。

几秒钟后，耶格感觉到周围的空气有些许波动，纳洛芙跟了上来。他们的目光隔空相对。尽管刚刚还在空中与耶格进行了一场激烈的"战斗"，但她看起来很冷静，好像什么事都没发生过。

耶格朝着她竖起了大拇指。

纳洛芙回应了他。

耶格示意要带着她着陆。她轻轻地点了点头，在耶格上方几十米高的地方稳住了身形。他们现在距离地面只剩几百英尺了。

幸运的是，耶格知道如何在丛林树冠上着陆，他接受过这方面的训练。当然，要做到这一点绝非易事，只有最有经验的跳伞员才能做到。但看纳洛芙刚刚割断带子挣脱耶格表现出来的身手，耶格觉得她应该做得到。

他努力在下方的地面搜寻，想找到一块相对来说比较稀疏的树冠，寻找一个他们能够活着穿过的地方。大多数空降到茂密丛林里的伞兵根本就没有打算在那里着陆；大多数时候，他们是由于乘坐的飞机被击中，或者出现了什么故障，比如燃油耗尽才不得不跳伞到丛林之中。

如果着陆时撞上了树冠，他们不知道如何应对，也没有接受过任何相关的生存训练。所以，他们通常都会在着陆时受伤，可能是胳膊骨折，也可能是腿骨折，但之后还会有更糟糕的事情等着他们。虽然跳伞者可以穿过树冠，但降落伞很难做到，它会挂在树冠的最顶端。和伞连在一起的跳伞者也会跟着悬在半空中，挂在树冠下面。

而这种情况往往会导致他们死亡。

这种情况下，跳伞者只有三个选择。要么一直悬挂在降落伞下，等着别人来救援；要么果断割掉身上与降落伞绑在一起的绳索，从离地面六十到八十英尺的地方摔下去；当然，如果树枝离自己足够近的话，可以试着抓住树枝爬过去，再顺着树干爬到地面。

通常情况下，跳伞者都会选择继续吊在降落伞下，因为其他选择无异于自杀。他们身上伤痕累累，迷失了方向，很有可能休克和脱水，还要遭受丛林中狠毒的蚊虫叮咬，只能待在那儿等待救援。

通常情况下，人们会被折磨很长一段时间才死去。

耶格不希望自己遭受那样的折磨，也不希望伊琳娜·纳洛芙遭受那样的折磨。

第 十 四 章

被激怒的毒蜘蛛

透过朦朦胧胧的薄雾，耶格看到一望无际的墨绿色的古老丛林中有一小块浅黄绿色的植物，看起来应该是新长出来的。新长出来的植物叶子会更茂密，枝干也更柔软、更有韧性，不太可能折断，也不太可能有像矛尖一样锋利的锯齿状尖端。

至少，耶格希望是这样。

他瞥了一眼自己的高度表，他曾经用它来阻挡纳洛芙的刀。

还有五百英尺。

他伸出手，将背包扣带上的两根金属杆向下推，之后就感觉到沉重的背包掉了下去，又被绳子拴住，吊在他下面十米的地方。

在撞向丛林树冠前，他做的最后一件事是按下手腕上全球定位系统（GPS）的按钮。在丛林吞噬他们之前，用它标记出现在的确切位置，因为他认为短时间内他们不会再有这样的机会了。

着陆前最后几秒钟，耶格集中精力用左右手柄调整降落伞，以便让自己降落在那块浅绿色区域。

他看到巨大的树冠向他直冲过来。他拼命用力，向后拉两个手柄，努力地张开降落伞，减缓下降速度。

只要他能多拖延一会儿，下降速度就更慢一点，他就更有希望顺利穿过丛林树冠。

过了一会儿，只听"砰"的一声，三十五千克重的背包撞断了最顶端的树枝，从耶格的视野中消失了。

耶格抬起双腿，弯曲膝盖，抱紧双臂，尽可能保护好自己的脸和胸口。片刻后，他感觉自己的靴子和膝盖穿过了茂密的树冠，跟着背包向下坠落。尖锐的树枝卡着他的枪托，撕扯着他的肩膀，然后他整个人撞进了底下空旷的黑洞中。

他"砰"的一声撞断了一些比较粗壮的树枝，痛得喘了几口粗气，又向下掉了好几英尺，降落伞才猛地挂在了树冠上，带着他一起停了下来。下坠中断得太突然，他一时喘不上气。他拼命挣扎着调整呼吸，周围被撞断的树枝、树叶等扑簌簌地向地面掉。但当他像钟摆一样来回晃动时，他还是忍不住感叹自己的幸运。

他没有受伤，还活得好好的。

头顶传来一阵撞击声，过了一会儿，纳洛芙出现在他身边，也在不停地来回摆动。

他们周围扬起的尘土开始慢慢消散。

夺目的阳光从他们撞出的洞里照射进来，仿佛在空中闪烁。

周围一片寂静，丛林里的一切生物好像都屏住了呼吸，仿佛被这两个突然闯入它们世界的陌生人吓坏了。

耶格和纳洛芙的摆动逐渐变慢。

"你还好吗？"耶格对纳洛芙喊道。

经历了那么多意外和危险，这听起来有点轻描淡写。

纳洛芙耸耸肩。"我还活着，你显然也活着。看起来还不算太糟。"

耶格很想仔细问一下,但他还是忍着没说。虽然纳洛芙的英语足够流利,但她的俄罗斯口音仍然很重,而且她说话的方式很奇怪,听起来平静冷漠,不带一丝感情。

他猛地抬起头,看着刚刚掉下来的方向,努力露出胜利的微笑。"刚才我还以为你要用刀杀了我呢。"

纳洛芙盯着耶格:"如果我想杀你,早就动手了。"

耶格选择无视她的嘲讽:"我那时候试图让我们俩稳住身形。出机舱时不知道被什么东西绊了一下,把我的枪扯松了。在你切断连接我们的带子时,我差点就搞定了。现在说起来有点信心不足。"

"也许吧。"纳洛芙看了他一会儿,脸上依旧没什么表情,"但是你失败了。"她把目光从他身上移开,"如果我没有切断带子与你分开,我们现在都死了。"

耶格对此没什么好说的。他在降落伞下扭动着身体,想好好看看地面的情况。

"再说,我为什么要杀你?"纳洛芙继续说,"耶格先生,你得学会相信你的队员。"她盯着丛林的树冠,

"所以，现在的问题是，我们怎么从这里下去？我们在特种部队时可没有这方面的训练。"

"难道你接受过在双人跳伞过程中陷入旋转时切断连接你与同伴之间的带子的训练吗？"耶格问，"你当时的刀功相当了得。"

"我从来没有接受过那样的训练。但是当时没有别的办法，只能那么做。"纳洛芙顿了一下，"不管什么任务，不论时间地点，不惜一切代价，这是特种部队的口号。"

耶格还没来得及想好怎么回答，头顶突然传来"咔嚓"一声，听起来像是什么东西断了一样。一根粗重的树枝突然掉了下去，摔到了丛林的地面上。过了一会儿，纳洛芙突然下降了好几英尺，她受损的降落伞在巨大的压力下破损得更严重了。

她抬头看了看耶格。"那么，除了摔下去，你知道我们该怎么下去吗？还是说，我还得靠自己来摆脱这场危机？"

耶格沮丧地摇了摇头。天啊，这个女人一直在努力。自从她在半空中挥刀割断了带子救了他们俩之后，耶格就开始怀疑她到底是不是杀害史密斯的真凶。毕竟对她来说，那是个绝佳的机会，她可以轻易把刀刺进耶格的胸膛，但她并没有那么做。

不过，还可以再试试她，耶格想。"也许有个办法可以帮我们脱身。"他指了指被挂在树冠上缠作一团的降落伞，"但我需要借用一下你的刀。"

他其实有短刀，而且现在就绑在身上。那是拉夫在比奥科岛送给他的。现在，这把短刀对他来说有了特殊的意义，因为他就是用这把刀救了自己好朋友的性命。他把这把刀装在刀鞘里，斜挎在胸前。但他很想知道纳洛芙是否愿意把那把差点刺进他胸口的短刀递给他。

纳洛芙完全没有一丝犹豫。"我的刀吗？千万别弄丢它。它可是我的老朋友。"她伸手拿出那把短刀，解下它，捏着刀尖，向着耶格扔了过去。

"接着。"她叫道，刀光在空中一闪而过。

耶格抓住那把短刀。令他吃惊的是，这把刀看起来非常眼熟。他把刀放在手里翻看了一会儿，七英寸长的冰锥形尖刀在阳光下闪闪发光。它和新沃德城堡耶格家中躺在泰德祖父箱子里的那把刀很像。

耶格十六岁那年，心满意足地和祖父一起偷偷抽烟斗的时候，祖父曾允许他拔出过那把刀。耶格仿佛又闻到了那浓浓的烟草味，也想起了刻在刀柄上的短刀的名字。

他又看了一下纳洛芙的短刀，然后抬起头来，赞赏地看了她一眼。"不错。费赛二氏战斗刀。如果我没搞错，这是第二次世界大战时期铸造的。"

"确实是。"纳洛芙耸耸肩，"就像你们特种空勤团当年证明的那样，它非常适合杀死德国纳粹。"

耶格盯着她看了很长时间。"你认为我们要杀德国纳粹吗，在这次探险行动中？"

纳洛芙重复了乔叔公曾经说过的一句话，而且是用流利的德语说的："Denn heute gehort uns Deutschland, und morgen die ganze Welt." 今天，德国属于我们；明天，世界属于我们。

"你知道，那架飞机上不太可能有活人。"耶格的语气中带着一丝讥讽，"在亚马孙丛林深处待了七十多年——我是说几乎不可能有活人。"

"笨蛋!"纳洛芙瞪着他,"你以为我不知道吗?为什么不做点有用的事呢,队长先生,比如帮我们摆脱你给我们带来的麻烦?"

耶格向纳洛芙简单解释了一下他的想法。

纳洛芙迫于无奈打开的紧急降落伞比耶格的 BT80 降落伞小,也不如 BT80 结实。从树冠上坠落下来的时候,降落伞已经被撕裂得非常严重了。所以耶格提议在两个树冠下找一个中间点作为支撑,他们可以从那里降落到地面上。

耶格解释完后,他们立刻动手割断了连接背包的带子。沉重的背包穿过层层植被,重重地落到了他们下方的地面上。如果他们脚下还挂着三十五千克的装备,就根本无法完成耶格的计划。

接着,两人都以自己头顶的树冠为中心,紧紧地抓住降落伞的绳索,拼命扭动身体,像荡秋千一样努力向对方荡去,希望能抓住对方。

耶格的双腿碰到了纳洛芙,他使劲钩住了她的臀部,然后伸手抓住她的身体,将她胸口的带子紧紧地扣在了自己身上。这样，他们就都停在了两个降落伞中间的位置。

但和刚才双人跳伞不同的是，他们这次是面对面绑在一起，中间连着一个结实的登山扣——一个带着弹簧夹的 D 形金属环。耶格觉得两人现在这个姿势让他很不舒服，尤其是现在他热得仿佛被放在火上烤——身上又厚又重的救生服和高跳高开跳伞的装备简直要把他活活烤熟了。

不过，只要能让他们完好无损地落到地面就行。

他又拿了一个登山扣，把降落伞索具的底部，也就是索具最窄的地方，牢牢地扣在一起。然后，他又拿出一根幽灵伞绳——一种高强度的卡其色绳索，粗细大概和普通的晾衣绳差不多，但强度非常高。虽然这种伞绳的断裂强度高达五百磅[①]，但耶格还是把它对折了一下，以防万一。

他将伞绳在下降器上缠了两圈，用来增加摩擦力，然后把上端系在降落伞上，小心翼翼地把伞绳的其余部

---

① 英美制质量单位。1 磅 ≈ 0.454 千克。——译者注

分解开，让它落到身体下方一百英尺左右的地面上。最后，他把下降器扣在胸口的登山扣上，这样他和纳洛芙就有了临时的绳降装置。

他们俩现在都挂在降落伞下，耶格刚刚弄好的绳降装置刚好与他们连在一起。然后，到了最关键的一步：割断与降落伞连在一起的带子。之后耶格就可以绕绳下降，带着纳洛芙落到地面上。

他和纳洛芙扯下头盔、面具和护目镜，将它们扔下去。做完这些后，耶格早已汗流浃背。他感觉自己脸上的汗水已经浸湿了他和纳洛芙紧紧绑在一起的衣服前襟，很不舒服。

"我知道，你很不自在。"纳洛芙说，她的声音听起来很奇怪，平淡冷静，感觉有点像机器，"但有时候必须保持这么近的距离，比如现在，又比如需要抱团取暖的时候。现在是现实需要，所以麻烦你专心点。"

废话，废话，废话，耶格心想。谁知道我会和个冰美人一起困在丛林里啊。

"现在，你已经把我骗进了你的怀里。"纳洛芙淡淡地说，还向上指了指，"不管你接下来有什么想法，我建议你快点。"

耶格向她指的地方看去，只见自己头顶上方三英尺的地方有一只巨大的蜘蛛。它大约有耶格的手那么大，在半明半暗的光线中闪着微弱的银光。它的身体硕大，正挥舞着八条人类手指一样粗细的腿爬向他们。

耶格看着那只蜘蛛圆鼓鼓的红眼睛闪着凶光，湿漉漉的口器贪婪地翕动着。它抬起前腿，咄咄逼人地挥舞着，越爬越近。更糟糕的是，那只蜘蛛张着可能有毒的口器，随时准备发起攻击。

他抓起纳洛芙的短刀，准备将那蜘蛛砍成碎片，但纳洛芙伸手阻止了他。

"不要！"她低声说。

她抽出备用短刀，都没有把刀拔出刀鞘，直接把刀伸进那只蜘蛛毛茸茸的身体下面，然后轻轻将它拨到了空中。蜘蛛在空中转了好几圈，身体在阳光下闪闪发光，接着又向地面跌去，口器因愤怒而喳喳作响。

纳洛芙目不转睛地盯着树梢。"我只在必要时杀生，而且也得看情况，做出明智的选择。"

耶格瞥了一眼纳洛芙看的地方。那里又有几十只蜘蛛向他们爬来。事实上，他们的降落伞索具上爬满了这种蜘蛛。

"巴西漫游蜘蛛，"纳洛芙继续说，"希腊语里是女杀人犯的意思。我们掉下来的时候肯定撞到了它们的巢穴。"她看了看耶格，接着说，"抬起前腿，是这种蜘蛛的防御姿势。如果你刚刚砍了其中一只，它的身体会散发出某种特殊的气味，警告它的兄弟姐妹，然后它们就会对我们发起攻击。它们分泌的毒液中含有神经毒素PhTx3。人中毒后，会肌肉麻痹，呼吸衰竭，随后有可能瘫痪或者窒息。"

"随你怎么说吧，死亡博士。"耶格咕哝道。

纳洛芙瞪着耶格："我负责把它们击退，你——你负责把我们从这儿弄下去。"

耶格拿着短刀开始割纳洛芙背后连接降落伞和伞索的帆布带子。在他割绳子的时候，纳洛芙用刀利索地把第二只、第三只蜘蛛甩了出去。

她挡开了很多蜘蛛，但耶格觉得她一定漏了一只。那只漏掉的蜘蛛向他扑来，抬起前腿，口器离他的手只有几英寸。耶格本能地抽刀向它挥去，锋利的刀尖划破了蜘蛛的腹部。那只蜘蛛缩成一团，滚向地面。

与此同时，耶格感觉有一种"咔嗒咔嗒"的警报信号在那只蜘蛛的几十个同伴之间传递，就像它们已经察觉有同伴受伤一样。

它们立刻向前冲去，准备攻击。

"现在它们真的要攻击我们了！"纳洛芙低声道。

她抽出刀，刺向两边咝咝作响的蜘蛛群。耶格更加努力地割绳子，终于成功地把纳洛芙身上所有的绳子都割断了。她飞快地掉了下去，然后又被扣在耶格身上的登山扣拉住。

有那么一瞬间，耶格绷紧身体，生怕头顶的降落伞被突然增加的重量压垮，但他运气不错。耶格赶忙把手举过头顶，粗暴地劈砍着自己身上的索具，不一会儿绳索就全被割断了。

他和纳洛芙现在都挣脱了束缚，好像要直直地坠落到地面上去。

耶格就那么任由自己和纳洛芙下坠了一两秒，伞绳穿过下降器发出"咝咝"的声音。直到觉得自己已经远离了那群致命的蜘蛛，他才紧紧地抓住伞绳，向下一拽。

与下降器的摩擦阻止了他们继续下坠。现在他们正吊在降落伞下面大约三十英尺的地方，降落伞上爬满了愤怒的毒蜘蛛。

巴西漫游蜘蛛。耶格希望有生之年再也不要碰到这种东西。

他还没来得及细想，第一只银色的小家伙就向他们扑了过来。它垂直向下俯冲，身后还拖着一根细细的蜘蛛丝。

作为回应，耶格果断地松开了伞绳，他和纳洛芙再次开始下坠。

他们刚跌落了十几英尺，就猛地停了下来。纳洛芙救生服上一根断了的带子缠住了下降器，卡住了。

耶格忍不住咒骂了一句。

他用空着的那只手抓住那根带子，想把它扯出来。就在这时，他感觉有什么柔软多刺的东西跌落到他的头发上，还发出愤怒的"吡吡"声。

一把锋利的刀准确地插进了他头皮上方几毫米的

地方。

耶格感觉刀尖狠狠地刺进了蜘蛛的身体里，蜘蛛痛苦地缩成一团，从他的头上滚了下来，跌落到地面上。纳洛芙的刀一次次挥出，努力将所有扑过来的蜘蛛击退，耶格则拼命去解那顽固的带子。

他终于成功地将带子从下降器上揪了出来，继续顺着伞绳往下降落。

"它们绝不会轻易放弃。"他一边咕哝着，一边让伞绳快速穿过下降器。

"它们确实不会。"纳洛芙道。

她举起一只胳膊在耶格面前晃了晃。耶格敏锐地注意到她是个左撇子，左手手背上有一道可怕的红黑色伤痕，还有两处明显的咬痕。

她一脸痛苦。"如果你砍了一只，所有的蜘蛛都会攻击你。"她提醒道，"曾经被咬过的人说，被这种蜘蛛咬过之后，那种疼痛犹如烈火焚身。说得相当准确。"

耶格无言以对。

纳洛芙被落在他们身上的一只蜘蛛咬了，但她一声都没有吭。更重要的是，在探险开始之前，他是不是就要失去一名队员了？

"我有解毒剂。"他向下瞥了一眼，"但它在我的背包里。我得快点带你下去。"

耶格以最快的速度向上拉。伞绳迅速地通过下降器，发出比以往更有力的"嗞嗞"声。他们俩正全速冲向地面。他很庆幸自己戴了手套，因为伞绳即使对折了也不够粗，难以抓握。

他必须确保自己的靴子先着地，以承受落地的巨大冲击。通常他会在着陆前通过绳子和下降器减缓下降的速度，但现在他在与蜘蛛赛跑，实在没有时间减缓速度了。他必须拿到解毒剂。

他们终于落到了地面上，周围是阴沉黑暗的丛林。

透过树冠照进来的阳光很少，能到达地面的更少。上方层层叠叠的植物吸收了百分之九十的阳光，地面非常阴暗。

耶格在适应周围如此低的亮度之前，很难发现身边的威胁，比如蜘蛛。

他很确定没有哪只蜘蛛能跟着他们一直降落到地面上，但是一朝被蛇咬，十年怕井绳。他向上瞥了一眼，借着穿过森林深处的几缕阳光，勉强看见几十根闪烁着微光的蜘蛛丝，每一根下面都有一只闪着微光的剧毒"死神"。

真是令人难以置信，它们还是追上来了。看来，纳洛芙很难逃脱它们的追杀。

在蜘蛛迅速逼近的时候，耶格奋力将纳洛芙拖到离伞绳几码远的地方。然后他解下枪，对着它们的大致方向扣下扳机。枪声接连不断，震耳欲聋，砰！砰！砰！

贝内利霰弹枪采用 9 毫米口径七发弹匣供弹。子弹不停地向蜘蛛群射去。砰！砰！砰！

最后一波扫射连带着落在耶格枪口上的蜘蛛一起发射出去，那些蜘蛛瞬间被炸成了蜘蛛泥。这就是耶格最喜欢贝内利的原因，只需要把枪口指向大概的方向，就可以随意射击了——尽管他从来没有想过用它来对付蜘蛛。

雷鸣般的枪声在他周围回响，声音借着巨大的树干向四面八方传递。高高的树梢上，传来一阵惊恐的尖叫，听起来像是某种灵长类动物。它们飞快地抓住树枝四处逃窜，争先恐后地远离枪声所在的地方。

枪声震耳欲聋，听起来有一种不祥的意味。

毋庸置疑，耶格刚刚向那些可能在偷听的人或物暴露了自己的行踪。但是，管不了那么多了，他现在急需一种火力强大的东西来对付剧毒的蜘蛛群，而战斗霰弹枪是绝佳的选择。

耶格把枪往背后随意一甩，拿着刀把纳洛芙身上的绳子全部割断，然后踩着腐烂的树叶和薄薄的沙土，把她拖到一边，让她靠在一棵树的板根上。板根就是大树根部向侧面延伸生长而形成的倒"V"形树根。

热带雨林可以说是一座建在沙地上的城堡，它下面的土壤很薄。枯死的植被在湿热的环境下会迅速腐烂，释放出来的养分也很快就会被其他动植物吸收利用。这就导致丛林中大多数参天大树的根系都只深入土壤几英寸，为了生存，它们几乎都长着奇形怪状的板根。

耶格帮纳洛芙靠在其中一根板根上，然后跑回去拿他的背包。他是一名合格的医生——这是他在军队里学到的专业技能之一。他清楚地知道中了神经性毒剂的后果：神经性毒剂会攻击人的神经系统，不断地刺激人的神经末梢，这就会导致人出现可怕的抽搐和痉挛，就像纳洛芙现在表现的这样。

而最终，因为和呼吸、维持人身体机能相关的肌肉无法正常工作，中毒的人会窒息而死。

治疗需要快速连续地注射三次神经性毒剂的解毒剂。它可以治疗中毒的症状，但纳洛芙可能还需要解磷定和阿维扎封来恢复肌肉的正常功能。

耶格抓起他的医疗包，四处摸索注射器和药瓶。幸运的是，药剂包被包裹得很严实，虽然从那么高的地方摔了下来，但大部分都完好无损。他准备好第一针解毒剂，把它举过头顶，把注射器里的药水通过大针头注射进纳洛芙的体内。

五分钟后，治疗结束。纳洛芙仍然清醒，但她恶心得厉害，呼吸急促，全身止不住地抽搐和痉挛。从她被蜘蛛咬伤到耶格给她注射解毒剂，虽然只有几分钟的时间，但那毒素仍然有可能杀死她。

耶格帮纳洛芙脱下笨重的跳伞装备，又给她身边放了瓶水，催她尽可能多喝水。她必须不停喝水，这样有助于排出体内的毒素。

耶格也脱掉了自己的衣服，只穿了一条结实的棉质战斗裤和一件 T 恤衫。他身上的衣服已经被汗水浸透了，但身上仍然在不停地冒汗。他估计这个地方的湿度应该在百分之九十以上。尽管这里地处热带，气温极高，但汗水根本蒸发不了，因为空气中充满了水蒸气。

只要他们还身处丛林，就必然会浑身湿透，所以最好还是习惯这一切。

耶格停下来认真地整理了一下思绪。

他们好不容易摆脱致命的自由落体，然后一头扎进丛林深处，当时已经是格林尼治标准时间九点零三分了。他们花了一个多小时的时间从树梢辗转落到地面。现在是格林尼治标准时间十点三十分左右。无论从谁的角度来看，他们都遭了大罪，这比他出发前预想的最坏情况还要糟糕许多。

特种空勤团的一位教官曾经告诉他："在与敌人的初次交锋中，任何行动都不可能完全按计划开展。"该死，真是一针见血——尤其是当你从三万英尺的高空以接近自由落体的速度坠向亚马孙丛林，身上还绑着个俄罗斯冰美人时。

他转过头看向他的背包。那是一个容量七十五升的军绿色爱丽丝野战包——美国制造的、专门为丛林探险设计的卑尔根背包。与许多大背包不同，它的背面有个金属框架，使它与人的背部始终保持两英寸以上的距离，这样就可以让背部的汗水流下去，降低起痱子的风险，也可以尽可能地避免臀部和肩膀被擦伤。

大多数大背包都比较宽，侧面还会有很多小口袋。这往往导致它们比男性的肩膀还要宽，很有可能会被矮树丛钩住甚至撕坏。爱丽丝野战包则上窄下宽，所有小口袋都藏在背后。背着这样的包，只要耶格能挤过去，他背着的包就绝对可以挤过去。

背包内还衬了一个坚韧的橡胶"皮囊"，这不仅能让背包有防水性，还使其有了足够的浮力可以漂浮。另外，它还有额外的缓冲层，可以减轻从一百英尺的地方急速下坠造成的冲击力，就像它刚刚遭受的那样。

耶格在背包里面来回翻找。和他担心的一样，并不是所有东西都幸免于难。他的欧星卫星电话被塞在书包背后的一个口袋里，本来是为了方便取用，但现在屏幕裂了，没法开机。他在克拉科和神岛广跳伞时随身携带的那个容器里装了个备用的，但这对此时此地的他们来说，并没有多大用处。

他从背包里拿出地图。幸运的是，地图完好无损，它被包裹在防水效果很好的透明塑料薄膜里，被叠得整整齐齐。展示的刚好是正确的一页，或者说本来是正确的一页。现在的问题是，他和纳洛芙目前所处的位置距离预定着陆点可能有四十千米，甚至更远。

他坐在背包上，靠着大树的其中一个板根，把地图重新整理到要用的那一页。在军队里，折叠地图是大忌。如果你被抓了，敌人立马就能通过地图知道你的目的。但耶格现在不是在执行作战任务，这只是一次民间组织的丛林探险行动。

靠着手腕上的 GPS，他找到了自己目前所在的位置——他在撞入丛林树冠前标记了那个位置。

GPS 显示了一个六位数的坐标：837529。

他在地图上找到了那个坐标代表的位置，确定了他们所处的确切地点。

然后，他花了点时间想了想两人现在尴尬的处境。

他们在预定的着陆点东北方向二十七千米处。这简直糟透了，但他猜测接下来情况可能会更糟。因为他们与着陆点的沙洲之间，隔着一条宽阔曲折的神河。假设探险队的其他成员已经按计划到达了沙洲，那么神河就是他们与耶格、纳洛芙会合的最大阻碍。

耶格知道他们没有办法绕过那条河。要在带着一名伤员的情况下，在茂密的丛林中穿行二十七千米，这可不像出门度假那么简单。按之前的约定，如果有人未能按计划到达预定着陆点，其余队员要在那里等待四十八小时。如果失踪的人在四十八小时后还没有到，那么下一个会合的地点就是神河的一个特别的拐弯处，在神河下游大约一天行程的地方，另外，他们还沿着神河约定了两处行程为一天的会合地点。

神河流向的地方正是神秘飞机残骸所在的位置，这也是他们把沙洲作为预定着陆点的原因之一。事实证明，从那里着陆，再沿着神河向前走，是穿越丛林最容易的方式。但是每个会合地点都被设置在更靠西的地方，这离耶格和纳洛芙目前所处的位置更远了。

沙洲可以说是最近的会合地点，这就意味着他们只有四十八小时的时间。如果他们没有在四十八小时之内赶到沙洲，探险队的其他成员就会向西移动，不管他们能走多远，耶格和纳洛芙可能永远都追不上他们了。

由于卫星电话坏了，耶格无法与任何人取得联系，告诉他们自己这边的情况。即使能修好它，耶格也怀疑它能不能收到信号。卫星电话只有在晴朗的天空下才能获取卫星信号，否则无法发送或接收任何信息。

就算成功渡过神河，他们还需要艰难跋涉，穿越丛林腹地。除了纳洛芙几乎不可能完成这样一段艰苦旅程外，耶格还意识到了另外一个重要问题。

埃万德罗上校对神秘飞机残骸的确切位置高度保密。他只愿意在探险队登上 C-130 运输机出发前不久，当面把 GPS 坐标告诉耶格。耶格也同意保守秘密，因为他不知道探险队中哪个人值得信任。

他本来计划在沙洲着陆后，就向其他探险队员简要交代一下他们的确切路线——到那个时候，他们只能并肩作战。但耶格制订紧急会合计划时，从未想过自己会是那个未能按计划到达着陆地点的人。

现在，按计划抵达着陆地点的探险队员里没有人知道飞机残骸的确切位置，这就意味着他们只能在没有领队和信息的情况下继续前进。

耶格瞥了纳洛芙一眼。她看起来情况很糟糕。一只胳膊轻轻托着被咬伤的手，脸上满是汗水，皮肤是病态的苍白。

他把头靠在板根上，深吸了几口气。这已经不再是简单的探险了，而是关乎生死的绝命行动。

现在就是紧要关头，毫无疑问，他目前做的所有选择都直接关系到他和纳洛芙能否活着渡过难关。

第 十 五 章

夺命丛林

纳洛芙的淡金色头发被天蓝色的发带扎了起来，绑在脑后。她闭着眼睛，好像睡着了，也可能是失去了意识，她的呼吸很浅。有那么一会儿，他被她的美貌和脆弱打动了。

突然，她睁开了眼睛。

一双大大的眼睛茫然、心不在焉地望着他，仿佛冰蓝的天空被暴雨云撕裂。然后，她似乎费了很大的力气，才把自己的思绪拉回痛苦的当下。

"我很痛。"她咬紧牙关轻声说道，"我哪儿也不去。你有四十八小时的时间可以去和其他人会合。我有我的背包，里面有水、食物、武器。你走吧。"

耶格摇摇头。"我不会走。"他顿了一下，"我被我的同伴嫌弃了。"

"那你就是个十足的蠢材。"耶格看到她的眼里闪过一丝笑意。除了那几乎毫不掩饰的敌意，这是他第一次看到她在自己面前表露其他情感。"你被你的同伴嫌弃一点也不奇怪。"纳洛芙接着说，"你太无聊了。虽然长得不错，但真的很无聊……"

身体不由自主地抽搐让她眼中的一丝笑意瞬间消失不见。

耶格似乎明白了她现在想干什么。她想激怒自己，逼自己抛弃她，就像她刚刚建议的那样。但有一件事她并不了解：耶格绝对不会丢下朋友不管。

永远不会，即使是那些不理智的朋友。

"所以，现在我们需要做的是，"耶格宣布，"带上最基本的必需品，其他的东西全部留下。我这个'无聊'的人会带着你这个可怜的笨蛋离开这里。先别抗议，我这么做完全是因为我需要你。我是唯一知道飞机残骸准确坐标的人。如果我失败了，任务也就失败了。现在，我要把坐标告诉你。这样就算我倒下了，你也可以继续往前走。明白了吗？"

纳洛芙耸耸肩："听起来相当有英雄气概。但你肯定会失败的。你要做的是拿走我的背包，没有水和食物我肯定会死。按你说的做的话，你就不仅是无聊的人，还是个愚蠢的人。"

耶格笑了。他有点想重新考虑一下，是不是要丢下她。不过，他还是站起来，拉过两人的背包，从里面翻找必需品：一个医疗包、够两个人吃两天的食物、睡觉用的斗篷、弹药、地图和指南针。

他又拿了几瓶水，还有他的瑞士康迪便携滤水器。这个滤水器可以帮助他们快速获得饮用水。

他拿起背包，把两个"皮囊"塞到包底，然后往里面装了些比较轻便的东西。比较重的东西，比如食物、水、短刀、砍刀、弹药等，他都扔到了上面，这样肩膀就能尽可能多地负担这些东西的重量。

其余的装备都被留在原地，丢在了丛林深处。

整理好要拿的东西，他把卑尔根背包背起来，把枪和纳洛芙的武器甩到肩上，吊在胸前。最后，他把最重要的三样东西——两瓶水、指南针和地图——放在腰间系着的军用腰包里。

做完这些，一切准备就绪。

他手腕上的 GPS 工作原理和卫星电话相似，都要依靠卫星信号。在茂密的丛林深处，它也没什么用。他不得不使用古老的方法来辨别方位，徒步近三十千米，穿越无路可走的丛林。值得庆幸的是，虽然如今早已是高科技时代，英国特种空勤团仍然很倚重这项技能，坚持让所有战士都掌握它。

在伸手抓住纳洛芙之前，耶格告诉了她飞机残骸的确切坐标，还让她重复了好几次，确保她背熟。他知道，只要让她觉得自己需要她，她就能打起精神坚持下去。

但其实他心里也在打鼓，他真的能背着这么重的负担，徒步走那么远的路，穿越这样恶劣的环境吗？大多数人都不可能做到。

他弯下腰，抱住纳洛芙，用消防员肩扛式的背人方法把她扛起来，将她脸朝下横担在自己的肩膀上。她的胸腹部直接压在他的背包上，由背包负担了她的一大半重量，这和他计划的一样。他收紧了背包的腰带和胸带，让它更贴近自己的身体，这样身上背负的重量就能最大限度地分散到他的全身，包括臀部和腿部。

最后，他用指南针测定了方位。他目不转睛地盯着前方一百英尺处一棵与众不同的树，那是他们要到达的第一个地方。

"好吧，"他嘟囔着，"事情本来不应该变成这样的，但它确实发生了。"

"别废话。"纳洛芙痛苦得脸都扭曲了，"就像我说的，你无聊又愚蠢。"

耶格没搭理她。

他稳稳地向前走着，边走边数着步数。

耶格的四周到处都是丛林里特有的喧闹声。高高的树冠上传来野兽的吼叫声；上千只昆虫飞离灌木丛时发出嗡嗡的振翅声；青蛙不停地呱呱叫，暗示着耶格前方某个地方有湿地。

他能感觉到周围环境的湿度正在上升，汗水不断地向下滴落。但还有一件事让他很困扰——一件比他们目前前途未卜的尴尬处境更重要的事。他觉得这里好像并不只有他们俩。这种感觉显然毫无道理，但他就是无法摆脱这个想法。

他和纳洛芙走过的地方，他都尽可能不留任何痕迹，因为随着时间的推移，他比以往任何时候都更加确信有人在监视他们。这种诡异的感觉对他来说，犹如芒刺在背。

他每走一步都非常艰难，尤其是还背了这么重的分量。

从很多方面来说，丛林都是最恶劣的环境。在寒冷的北极，你真正需要担心的问题其实只有保暖，导航在那里根本不算什么，因为 GPS 信号随时都可以接收到。在干旱的沙漠，只要能远离高温，补充足够的水来维持生命就可以活下来，所以你完全可以晚上活动，白天躺在阴凉处休息。

相比之下，丛林中有太多潜在的危险，这些危险是其他任何地方都无法比拟的，比如疲劳、脱水、感染、壕沟足、迷失方向、疼痛、咬伤、割伤、擦伤、携带病菌的昆虫和贪婪嗜血的蚊子、野兽、水蛭、蛇等等。在丛林中，你时时刻刻都得与令人窒息的封闭环境做斗争，无论是北极还是沙漠，都不会存在这个问题，那里的视野相当开阔。

当然，丛林里还有剧毒的蜘蛛和敌意满满的印第安部落，这些也需要高度警惕。

当耶格在浓密的灌木丛中艰难地穿行时，脚下的地面湿滑无比，危险仿佛近在咫尺。浓重的腐臭味扑面而来。离神河越近，地势越低，很快他们就到达了神河的北岸。在那里，真正的麻烦才刚刚开始。

在丛林中，爬得越高，路越好走，因为脚下的路相对来说比较干燥，植被也比较少。但是，神河无法避开，那意味着他们要进入植被更稠密的沼泽地。

耶格花了点时间稍做休息，认真观察了一下前方的路线。

正前方是一条深谷，下雨时，这条深谷里的水会流入神河。脚下的路看起来非常泥泞，地面没有一丝阳光。山谷里长满了树，树干高度中等，但都长着几英寸甚至更长的尖刺。

　　耶格非常熟悉那些长满尖刺的树。尖刺没有毒性，但这并不重要。曾经在一次丛林训练时，他在那些树中间摔倒了。坚硬的木刺刺穿了他的胳膊，伤口很快就化脓了。从那以后，他就管它们叫"杂种树"。

　　那些危险的树干之间还缠绕着粗壮的藤蔓，每根藤蔓上也都长着可怕的钩状刺。耶格掏出指南针，迅速地测了一下方位。峡谷通向正南方，正是他想去的方向，但他觉得最好先避开。

　　所以，他看向西边，那里有一大片高大粗壮的阔叶树林。他决定朝那个方向走。他会先绕过峡谷，再向南走，这样就能直接到达河边。每隔二十分钟，他就会把纳洛芙放下来喘口气，喝口水，但时间绝对不会超过两分钟。之后，他就又启程赶路了。

　　他边爬坡，边把纳洛芙的重量往肩上集中。他有点担心纳洛芙能不能撑下去。从他们出发开始，她就没说过一句话。如果她失去了意识，过河几乎是不可能的。耶格不得不想了一个新的行动计划。

　　十五分钟后，他从一个缓坡滑下去，在一堵看起来很坚固的植被墙前停了下来。遥远的墙后，依稀透露出一团移动的物体——点点阳光透过缝隙照耀进来。

水。他快到神河边了。

几个世纪以来，一直自由生长的丛林长出了高高的树冠，而贴近地面的植被则相对稀疏。但是，原始热带雨林如果受到某种因素的干扰，比如有一条高速公路横穿其中，或者有一条河流横亘中央，裸露的空地上就会长满次生植被[1]。

神河横穿了亚马孙丛林的腹地，就像幽暗丛林中天然形成的阳光隧道。它的岸边长满了浓密杂乱的灌木丛。

耶格面前的植被墙就像一个难以逾越的幽暗悬崖——高耸的大树，树下环绕着矮棕榈状的灌木丛，蕨类植物和藤蔓一直垂到地面上。身上还背着纳洛芙和背包，耶格想过去比登天还难。

他转身向东，沿着河岸走，一直走到他之前绕过的那个山谷。山谷与神河的交汇处基本没有植被，只有

---

[1] 指被自然或人为因素干扰破坏后，又慢慢自然恢复形成的各种植被。——译者注

一个小小的岩石河滩，比普通的英国乡村小巷宽不了多少。

这就够了。如果纳洛芙还撑得住，他们就可以从那里出发过河。

他把纳洛芙从肩上抱起来，放到地上。她看起来几乎没有一丝生命迹象。有那么一瞬间，耶格担心背着她穿越丛林时，蜘蛛的剧毒就已经要了她的命。但当他伸手去摸她的脉搏时，他发现她的四肢正在微微颤抖和痉挛，看起来那些剧毒正在试图深入她的身体。

颤抖远没有一开始那么严重，解毒剂显然起作用了。可是她仍然昏迷不醒，对外界的一切毫无反应。他抬起她的头，用一只手托着，试图给她喂些水。她吞了几口，但仍然没有睁开眼睛。

耶格伸手拿过背包，从里面掏出他的 GPS。他需要检查一下 GPS 是否能接收到可用的卫星信号。当卫星图标闪现在屏幕上时，GPS 响了一次，两次，三次。他仔细确认了目前所处的位置，GPS 显示的坐标证明他找对了方向。

他偷瞄了一眼神河，又凝视着他们面前的河滩。

河面得有五百码宽，也许还要更宽。河水流得很慢，大约是被零散分布的狭窄泥滩阻住了，尽管这些泥滩都没有露出水面。

更糟糕的是，其中一两个泥滩上面，竟然有耶格最不希望在这里碰见的东西：类似蜥蜴的巨型生物，懒洋洋地趴在那里晒太阳。

他们面前是亚马孙河流域最大的食肉动物：鳄鱼。或者，更准确地说，是南美洲的凯门鳄。

第 十 六 章

南美凯门鳄

黑凯门鳄身长可达五米，体重可达四百千克，是人类体重的五倍多。它们非常强壮，皮肤像犀牛一样厚，而且没有天敌。

这并不奇怪，耶格想。他曾经听人说，这种动物生性好斗，确实少有比它们更大、更好斗的东西了。耶格提醒自己，要小心行事。

不过，他也知道，凯门鳄的视力不太好，它们更喜欢在夜间捕猎，在水下几乎看不见，尤其是在底部淤泥堆积的浑浊河水里。它们必须把头伸出水面才能进行攻击，而这当然意味着被攻击的人也能看到它们。

凯门鳄更习惯靠嗅觉捕猎。耶格花了点时间，检查了一下被纳洛芙的刀刃划伤的地方。伤口早就不流血了，但最好不要让伤口接触水。

不过，现在也没有其他办法，他只能按自己仅有的计划行事。他打开背包，拿出橡胶皮囊，又把包里剩下的东西都倒出来，分成重量差不多的两份，把它们分别装在两个皮囊里。

紧接着，他把其中一个皮囊放进背包里，给它充满了气，封好皮囊口，将密封条折叠了两次，又紧紧地夹上，然后把另一个皮囊也充气密封起来。

他又用背包上的扣子，把包和皮囊系在一起。然后，他拿起自己和纳洛芙的武器，分别系上长长的伞绳，又把绳子绑在临时制作的漂浮装置的两个角上。

这样，如果有武器掉进水里，他还能把它们找回来。

然后，他从河边的小树林里挑了根粗壮的竹子，用砍刀砍倒，把它们剁成五英尺长的竹竿，用锋利的刀把两段竹竿劈成两半，做成四根横杆。接着，他把四根完整的竹竿排成一排，用伞绳把横杆绑在竹竿上，做成一个简易的框架，再将其绑在漂浮装置上。

他把临时做的竹筏拖到浅水区，踩上去试了试，看看它是否结实。竹筏轻松地承受住了他的重量，稳稳地漂浮在水面上，和他设想的差不多。做完这些，他觉得自己已经准备好了。

毫无疑问，这个竹筏肯定可以承受住纳洛芙的重量。

他把竹筏拴好，又拿着滤水器过滤了一些水。把水瓶装满绝对是明智的决定，他们刚刚出了太多汗了。肮脏的棕色河水从滤水器的进水管流进去，经过层层过滤后，又将清澈的水灌进水瓶。他喝了很多水，直到再也喝不下了，才把两个水瓶全都装满水。

他刚忙完，一个疲惫嘶哑的声音就传了过来，听起来虚弱痛苦。

"无聊，愚蠢……你大概快疯了。"纳洛芙醒了，一直在看他测试竹筏。她虚弱地指了指竹筏。"你不可能把我弄过河的。你该接受现实了，你必须独自往前走。"

耶格没有理会她。他把武器放在竹筏的两侧，枪口朝前，然后回到纳洛芙身边，蹲在她面前。

"纳洛芙船长，您的座驾已备好。"他指了指临时造的竹筏。一想到前方路上的种种危险，他就感觉心惊胆战，但他还是极力压下这种不安。"我要把你抱下去，放到竹筏上。它很稳，但你最好还是别乱动。此外，也别把武器撞到水里。"

他笑着鼓励她，但她几乎没有回应。

"纠正一下。"她低声说，"你不是快疯了，是已经疯了。但你看，我现在这个样子，实在是没力气和你吵。"

耶格把她抱起来。"这才是我的好姑娘。"

纳洛芙皱起了眉头。但她显然累坏了，想不出合适的话反驳耶格。

耶格把她轻轻地放在竹筏上，提醒她把大长腿收好。她蜷缩成婴儿的模样，竹筏在她躺上去后下沉了六英寸，但大部分仍然浮在水面上。

他们可以出发了。

耶格推着竹筏往更深的水里走去，靴子踩在厚厚的淤泥里发出"嘎吱嘎吱"的声音。河水看起来很浑浊，温度不高也不低。他的靴子时不时踩到腐烂的植物，可能是埋在淤泥里的树枝。他每走一步，淤泥里都会冒出几串泡泡，那是植物腐烂后排出的废气被挤了出来。

当水面的高度到达耶格的胸口时，耶格开始凫水了。水流比他预想中更快更强，他觉得他们很快就会被冲到下游。但潜伏在水里的东西让他急切地希望赶紧过河。

耶格紧握着竹筏，脚不停地踢打着河水，努力游过第一段开阔的水面。纳洛芙躺在他面前的竹筏上，蜷缩成一团，一点动静都没有。他必须推着竹筏直线前进，而且必须让竹筏保持稳定。如果竹筏在河里不停地打转或者失去平衡，纳洛芙就会掉下水，死在水里。

她太虚弱了，完全无法照顾自己，也无法游过河。

耶格来回扫视着周围的河面。他现在视线几乎与水面齐平，视野内的一切看起来都有点奇怪。他想，这大概就是神河中凯门鳄的日常生活，身体的大半部分都潜在水里，在河水中游来游去，寻找着合适的猎物。

他不断地左看右看，警惕着所有可能朝他们冲过来的东西。

在距离前方泥滩二十码的地方，耶格看到了第一条凯门鳄。凯门鳄的行动吸引了他的目光。他看着它从神河上游大约一百码的地方滑入河中。巨大的凯门鳄在陆地上行动缓慢又笨拙，但当它进入水中，行动却出奇地优雅，速度也非常快。耶格浑身肌肉紧绷，随时准备战斗。

但那条凯门鳄并没有向下游的他们游来，而是转头朝北，向上游游了五十多码，然后爬到一个泥滩上，继续它之前的日程——晒太阳。

耶格松了口气。显然，这条凯门鳄不饿。

过了一会儿，他感觉自己的靴子碰到了河底。于是他蹚着河水，把竹筏推到了第一块陆地上。这是一片十几英尺宽的沼泽。他走到竹筏前面，拖着它继续往前走。每走一步，他的腿就会陷进足有膝盖深的黑色淤泥里，四肢因为太用力而火辣辣地疼。

有两次他没站稳，双手和膝盖都撞到了泥里，浑身臭气熏天。这让他想起了自己和拉夫在比奥科岛上藏身的沼泽。不同的是，那里没有巨型凯门鳄。

再次进入深水区时，耶格从头到脚都被臭烘烘的黑色淤泥和腐烂的植物包裹着，脉搏突突突地跳得飞快，像机关枪似的。

他估计前面还有两个浅泥滩，他无法绕行，只能走过去。毫无疑问，等他们到达河对岸的时候，他肯定已经累趴下了。

如果他们还能到达遥远的彼岸的话。

他再次蹚着水，拖着身后的竹筏，然后又转到竹筏后面恢复俯卧的姿势。当他用力踢着水，把竹筏推向河中央时，水流越来越急。耶格不得不使出全身力气不停地踢动双腿，来维持竹筏的平衡。

下游的水比较浅，但靠近河岸的水流速度比较快。耶格看到河水急急地撞在岩石上，激起了一片白色的浪花。他必须在他们被冲进激流前，推着竹筏游到对岸。

竹筏马上要到达第二个泥滩时，耶格感觉有什么东西突然擦过了他的右臂。他抬头一看，发现是纳洛芙的手。她轻轻捏了一下自己的手指。

他不太明白她想告诉自己什么，这个女人太难懂了。但也许，只是也许，冰雪女王开始融化了。

"我知道你在想什么。"她的声音勉强传到他的耳中，由于体内毒素作祟，她的声音听起来和耳语一样轻，"但我不是在跟你亲近。我只是想提醒你，第一条凯门鳄——它来了。"

耶格用自己的手腕稳住竹筏，一把抓过两件武器。他握着两把枪，食指紧挨着扳机，枪管一左一右对准附近河面，目光警惕地扫视着周围。

"在哪里？"他低声问道，"哪一边？"

"十一点钟方向。"纳洛芙低声说，"差不多就在正前方。离这里四十英尺。它正在迅速靠近。"

鳄鱼正从他的盲区向他们袭来。

"抓紧了。"耶格喊道。

他松开左手的武器，解开固定战斗霰弹枪的绳结，抓起枪，放开竹筏，潜到竹筏下面，双腿用力踢着水。刚游到对岸，就看见了那个巨大的黑鼻子生物破开水面向他游来，那个生物有一具长着鳞甲、浑身棱纹、长达五米的身体。

没错，那是一条黑凯门鳄，真正的怪物。

就在凯门鳄向他张开大嘴的时候，耶格端起枪，都来不及瞄准，就朝着它的喉咙扣下了扳机。他的左手动作不停，接连不断地射出子弹。

一连串的枪击把这条鳄鱼的巨大头部掀出了水面，但并没有减缓它前进的速度。它可能已经当场死亡，爆裂的铅弹撕碎了它的大脑，但它血淋淋的尸体仍然带着四百千克重的力量撞向耶格。

耶格被推到竹筏底下的水里，黑暗浑浊的河水瞬间将他包围，他觉得自己马上就要窒息了。

水面上，凯门鳄血淋淋的头部随着一阵令人烦躁的"嘎吱嘎吱"声慢慢停了下来，它那死气沉沉的眼睛依旧贪婪地瞪着，被炸得稀巴烂的下巴"砰"的一声撞在了竹筏上。

竹筏猛地向一侧倾斜，巨大的冲击力几乎要把它撞成两半。过了一会儿，凯门鳄疲软无力的尸体慢慢沉入水底。

竹筏倾斜得更厉害了，它撞上岩石，又被水卷进了急流中，浑浊的河水开始淹没纳洛芙的头和肩膀。

她感觉竹筏要沉没了。有那么一瞬间，她全身肌肉紧绷，想抓住竹筏。

　　但她的身体完全不听使唤。

　　最后，耶格终于勉强回到水面，尽管呛了一肚子臭气熏天的神河水。他在水底挣扎了很久，感觉自己快被淹死了。他拼命地喘着粗气，不顾一切地把身体需要的氧气吸进肺里。

　　他的身边又聚集了很多凯门鳄，正在向他刚刚杀死的鳄鱼尸体逼近。它们是被血腥味吸引过来的。耶格被撞到水底时，丢掉了他的战斗霰弹枪。他现在根本没有保护自己的武器，当然，凯门鳄的注意力也不在他身上。

　　它们有更值得注意的猎物，水里浓稠的血腥味简直让它们发狂。

　　耶格花了很长时间才集中了精神，但还是被拖进了急流之中。即将撞到岩石时，他用脚顺着水流推开了所有障碍物，张开双臂帮助自己稳定身形，尽全力保护自己的身体。

　　好不容易到了急流区边缘水流较慢的地方，耶格迅速地站起身，向周围扫视了一圈，想找到竹筏。但四周的河面上空空荡荡，根本没有竹筏的影子。竹筏消失了，不知道去了哪里，他心头一凉。

他疯狂地四处寻找，但哪里都没有那只竹筏的踪影。

至于伊琳娜·纳洛芙，耶格也丝毫没有找到她的踪迹。

第 十 七 章

费赛二氏战斗刀

耶格拖着疲惫的身体爬到河岸上。

他跪倒在地上，浑身湿透，筋疲力尽，四肢发烫，气喘吁吁。现在不管是谁看到他，都会觉得他不像个人，更像一只浑身裹着泥巴、快被淹死了的老鼠。当然，他并不希望现在有人看到他。

他在神河边上待了几个小时，想找到伊琳娜·纳洛芙。他从河这头看到河那头，大声喊着纳洛芙的名字，不放过任何一个地方，但还是找不到她或竹筏的任何一点踪迹。后来，他找到了一些他最害怕看到的东西：他的背包和皮囊。虽然它们仍然绑在一起，但已经被凯门鳄锐利的牙齿和爪子撕成了碎片。

残破的竹筏顺着水流漂到了很远处神河下游的一个浅滩。在附近的泥滩上，耶格发现了一件让他整颗心都揪起来的东西：他曾拼命保护的那个女人的天蓝色发带，湿淋淋、破破烂烂地躺在淤泥里。

尽管如此，他还是继续努力地在河岸边搜寻，即便内心深处觉得自己的努力很可能是徒劳的。他猜想，应该是凯门鳄的尸体把自己撞入漆黑的河底时，纳洛芙也被撞得从竹筏上掉了下去。然后，湍急的水流和被血腥味引来的凯门鳄导致了现在的局面。

他在水底挣扎了将近一分钟才浮出水面，但这点时间足够竹筏完全从他的视野中消失。如果竹筏仍然完好无损地漂浮在水面上，他肯定能看到，然后就可以抓住它，把它拉到泥滩上。

如果伊琳娜·纳洛芙还在竹筏上，他或许还能救她一命。

但事实却是……好吧，虽然他不愿意考虑纳洛芙到底去了哪里，但内心深处也明白她大概已经不在了。

纳洛芙死了，要么溺死在神河水里，要么被贪婪的黑凯门鳄撕成了碎片，当然也有可能两种情况都发生了。

而他，威尔·耶格，没能救她。

他挣扎着站了起来，跌跌撞撞地走上泥泞的河岸。虽然一再被打击，他曾经接受过的训练还是在这一刻发挥了作用。他自然而然地进入了纯粹的求生模式，这是他现在唯一能做的事。他弄丢了纳洛芙，但其他探险队员还在丛林深处的某个地方。那八个人大约还在遥远的沙洲等着他，盼着他尽快归队。

他们不知道坐标，去不了神秘飞机所在的地方。既然不知道前进的方向，也就找不到走出这个原始的"失落的世界"的捷径，更没有其他离开丛林的办法。耶格深知，要从科迪勒拉山脉这样一个遥远偏僻、看起来糟透了的"众神之山"中安全撤退，需要大量的准备工作和周全的计划。

如果说弄丢了纳洛芙意味着什么，那就是他必须尽快和他的团队会合，带着他们继续前进。他必须把队员们带到目的地，要做到这一点，就必须尽快赶到沙洲——尽管他也知道这很难成功。

他把口袋和腰包里的东西掏出来。之前过河时一片混乱，他也搞不清自己的装备还剩下什么。背包已经没用了——整个包身都被凯门鳄撕成了碎片，里面的东西也早已不见踪影。不过，等看清楚自己身上仅存的家当时，他还是暗暗庆幸。

他最重要的一件装备——指南针，仍然安稳地躺在拉着拉链的裤兜里。只要有它，耶格就有机会穿越丛林，到达沙洲。他又从裤兜里掏出了地图，虽然又湿又破，但万幸还能用。

他还有指南针和地图，这真不错。

他又摸了摸藏在胸口的短刀。刀还在，静静地躺在刀鞘里，是拉夫送给他的那把，在费尔诺村海滩上那场漫长而艰难的战斗中，这把刀起了关键作用——小莫死于非命的那场战斗。

太多人莫名其妙地丢了性命，现在又多了一个。

要是拉夫在身边，耶格一定不会碰到这样的困境。如果那个毛利人在这里，纳洛芙或许能活下来。当然，也不一定，但拉夫可以帮他击退棘手的凯门鳄，他们中的某一个很可能安然无恙地逃脱凯门鳄的第一次袭击，也就有足够的能力保护竹筏和它上面的一切。

但现在只剩下耶格自己，伊琳娜·纳洛芙不在了。面对这个残酷的事实，他别无选择，只能打起精神，继续向前走。

他继续检查他的装备。腰带上挂着满满两瓶水，不过便携滤水器已经不见了。他还有一些应急的食物，一卷帮他们从树冠上安全着地的伞绳，二十多发子弹。

他扔掉了子弹。没有枪，子弹毫无用处。

检查装备时发现的其他几件零碎东西中，他一眼就看见了 C-130 飞行员送给他的那枚闪闪发光的挑战币。暗夜潜行者的格言在阳光下耀眼夺目：死神在暗夜中潜伏。毫无疑问，死神的红牙血爪早已潜伏在神河黑暗的水面下。

它明显盯上了他们；或者说，它至少已经找上了纳洛芙。

当然，这绝不是飞行员的错。

那架 C-130 的飞行员准确地找到了合适的投放地点，让探险队员按计划跳出机舱。这绝不简单。随后发生的一切和他一点关系都没有。耶格将这枚挑战币和所剩无几的几件东西一起放进了口袋里。只要有希望，人就有机会活下去，他默默提醒自己。

只有最后一件装备让他举棋不定、无法取舍，就是伊琳娜·纳洛芙的短刀。

他割断伞绳后，就一直把它挂在腰间。当时一片混乱，纳洛芙因为被蜘蛛咬伤中毒而丧失了行动能力，这样做似乎是正确的选择。而现在，这把刀是他和纳洛芙唯一的联系。

他拿着这把刀看了好一会儿，眼睛死死盯着刻在刀柄上的名字。他对这把短刀的历史了如指掌，因为他曾研究过祖父那把。

1940 年春，希特勒发动了闪电战，很快就将盟军赶出了法国。在随后的几个月里，温斯顿·丘吉尔下令建立一支特种部队，要对敌人发动疯狂的袭击。这支特种部队被命令以一种非常不符合英国传统战争做法的方式，迅速狠辣、不择手段、绝不手软地对敌人展开袭击。

在一所专门教授破坏和谋杀的绝密学校里，他们学会了如何更轻松地打人、伤人和杀人。他们的教练是传奇人物威廉·费尔贝恩和埃里克·赛克斯。多年来费尔贝恩和赛克斯进一步完善了近身格斗术，使其能更快、更有效地杀敌。

他们俩从威尔金森刀具公司订购了一批战斗刀，供丘吉尔的特种兵使用。这批刀的刀身有七英寸长，沉重的刀柄使它不容易打滑，刀刃双面开锋，细长锋利。

这批刀是从威尔金森刀具公司的伦敦生产线上生产出来的。每把刀的刀柄都刻着"费尔贝恩－赛克斯战斗刀"，所以被称为"费赛二氏战斗刀"。费尔贝恩和赛克斯曾经告诉特种兵，近距离战斗时，没有比这把刀更致命的武器了，而且最重要的是，"它永远不会耗尽弹药"。

耶格从来没见过纳洛芙怒气冲冲地挥舞她的刀。但事实上，她随身携带着这样一把刀——和祖父那把一模一样，这让他不知不觉就被吸引了。尽管他从来没有机会问她这把刀的来历，或者说，这把刀对她来说到底意味着什么。

不知道她是怎么弄到这把刀的：一个俄罗斯人，

还是特种部队的老兵，拿着一把英国战斗刀。为什么她会说这把刀"非常适合杀死德国纳粹"？在第二次世界大战期间，英国所有突击队员和特种空勤团战士都配发了一把这样的刀；毋庸置疑，死于这把标志性利刃的纳粹敌人要远远多过其他短刀。

但那是几十年前的事了。

耶格把刀放回腰间。

有那么一瞬间，他有点怀疑自己是不是做错了：坚持让纳洛芙跟自己一起走或许是错误的，如果他按照纳洛芙的要求做了，丢下她自己走，或许她现在还活着。但在他的意识里，他永远不会丢下任何一个人，无论是男人还是女人，更何况，即使依了她，她又能坚持多久呢？

不。他越想越觉得自己做的是对的。这是唯一的做法。不管怎样，她都会死。如果把她丢下独自离开，她只会经历长时间的煎熬和折磨，最后孤独地离开这个世界。

耶格努力把所有关于纳洛芙的念头抛诸脑后。

他仔细盘算了一下。前方等着他的是一段令人生畏的旅程：要在茂密的丛林中穿行二十多千米，身边只有两瓶干净的水。一个人不进食，可以存活很多天；可是不喝水却绝对不行。他必须严格控制自己的进水量：每小时喝一大口，每瓶可以喝九大口，这样他最多可以走十八个小时。

他又看了看表。

离天黑只剩下不到两个小时了。如果他想按时赶到沙洲，与其他探险队员会合，很可能要在夜间继续前进，这在丛林中可是大忌。夜间的丛林，树冠下一片漆黑，完全不可能看到东西。

他能用来自卫的武器就只有刀和拳头。如果遇到大麻烦，唯一能做的就是逃跑。当然，现在他有个优势：纳洛芙不在，没有人会拖他的后腿。

他只有身上这些装备，没有多余的负累，这意味着他可以尽可能快地前进。从各方面综合考虑，他认为自己还有一线希望。但即便如此，他还是很担心接下来的旅程。

他站起来，把指南针放在手心，先测了下方位。下一个目标是一根倒在地上的树干，差不多刚好倒在正南方，也就是他要走的方向。他把指南针放回原处，弯腰捡起十颗小鹅卵石，装进口袋里。每走十步，他就把一颗鹅卵石放到另一个口袋里。等所有鹅卵石都到了另一个口袋，他就走完了一百步。

多年来积累的经验告诉耶格，道路平坦、负荷不多的情况下，走完一百米需要一百四十步。如果背着一个装得满满当当的背包，拿着武器弹药，则要走一百六十步，因为负荷太重，迈不开步子。如果遇到了陡峭的上坡路，很可能要走两百步。

在艰难而漫长的负重越野行军过程中，传递鹅卵石这个简单的方法帮了他无数次。把鹅卵石从一个口袋移到另一个口袋，这个简单的动作可以帮他集中精神。

出发前，他还做了最后一件事：抓起笔，在地图上标记了他现在所处的位置，然后在旁边写上"伊琳娜·纳洛芙最后出现的位置"。

这样，如果以后有机会，他就可以回到这个地方，组织人手花时间仔细搜寻她的遗骨。至少能给她的家人一点念想，虽然耶格并不知道她的家人是谁，也不知道他们在哪里。

他开始继续前进，边走边数着步数。

他向森林深处走去，每走十步，就把一颗鹅卵石从一个口袋移到另一个口袋。一个小时后，他第一次喝了一大口水，然后看了一下地图。

他拿笔在地图上标注了自己的位置——在河岸正南方两千米处，然后又测了测方位，继续前进。从理论上讲，他可以通过简单的数步数和定位的方法，穿越丛林，到达沙洲。只是他身上现在只有两升水，还没有武器，能不能活下来，完全是个未知数。

即使他孤单的身影隐没在黑暗茂密的丛林里，耶格还是能感觉到某些神秘的眼睛正藏在阴影中默默地注视着他。

他向黑暗、阴森的丛林深处继续前进，左手紧紧抓着装满鹅卵石的口袋，嘴唇翕动着，轻轻数着他的脚步数。

第十八章

黑暗力量

在遥远的几百英里之外的丛林里，响起了另一个声音。

"灰狼六号呼叫灰狼。"声音持续不断地响起，"灰狼六号呼叫灰狼。听到请回答，听到请回答。"

那人弓着身子对着一个电台不停说话，电台位于一条粗糙的简易机场跑道边上的一个伪装帐篷里。四周都是低垂着枝丫的树木，灰暗的天空下，远处的小山高高地耸立着。泥泞的跑道上停着一排耷拉着旋翼叶片的黑色直升机。

除此之外，跑道上空空如也。

这里的景色让人不由得想起众神之山，但不知何故又有点不一样。

接近，但又不太接近。

这里是南美洲的丛林，但处于群山中某个很高的地方，偏僻荒凉，杳无人烟，隐藏在偏远原始的安第斯山麓深处，这片山麓一直绵延到玻利维亚和秘鲁，是个非常适合开展秘密行动的地方，比如让一架第二次世界大战时期的飞机残骸从地球上永远消失。

"灰狼六号呼叫灰狼，"无线电报务员重复道，"听到请回答。"

"灰狼呼叫灰狼六号。"一个声音回复道，"发送，完毕。"

"小队已按计划安插卧底。"报务员说道，"等待下一步命令。"

他停了几秒钟，安静地听对方的指示。不知道这个人，或者说这个士兵是谁，他那身朴素的灰绿色丛林迷彩服上没有任何部队番号或者军衔标识，甚至连国籍标识都没有。他身边的帐篷同样没什么特殊的地方。就连机场跑道上停着的直升机也没有任何形式的图标、编号或者国旗之类的记号。

"是，长官。"报务员说道，"我们有六十个人在那里。尽管很不容易，但我们还是成功将他们送了进去。"

他又停了几秒钟，聆听新的指令，还重复了一遍，确认信息无误。

"不择手段地获取战机的准确坐标，不遗余力地寻找它的确切下落。明白。"

接着对面又传来一段简短的信息，报务员听完才继续说道："明白，长官。他们一共有十个人，必须全部消灭，不留活口。灰狼六号，通话完毕。"

话音刚落，他便结束了无线电通话。

耶格跪倒在地，头痛欲裂，痛苦不堪，双手不由得抱紧了自己的脑袋。

他感觉自己的大脑已经失去了控制，好像随时都会在巨大的压力下炸开花。

扭曲的植物在他眼前游动，就像一群疯狂扭动的可怕怪物。他觉得自己马上就要昏过去了。几个小时前他就开始迷失方向，脱水已经达到临界点，随即而来的是越来越严重的疼痛和幻觉。

离河很远的地方几乎没有水，还没有下雨，耶格本来还指望老天能够下场雨给自己续命。他的水瓶早就空了，后来只能喝自己的尿。但大约一个小时前，他已经完全停止了小便，连汗都不流了，这是身体即将崩溃的征兆。然而，他依旧靠着本能跌跌撞撞地向前走。

强大的意志力一次次将他从地上拖起来，一步一步地向前挪。

"我是威尔·耶格，我回来了！"他干涩嘶哑的声音在杂乱的丛林中回荡，"威尔·耶格，回来了！"

他大声提醒探险队，他们应该就在前方的沙洲上——他希望并祈祷自己要到达的地方，尽管过去几个小时里的糟糕状态，让他有点怀疑这里是不是那个正确的地方。广袤丛林中的一小块空地，他犯错的概率应该很低。

他疲惫不堪地迈着飘忽不定的步子踉踉跄跄地往前走，大脑在痛苦地尖叫，但他仍然在不停地数着脚步数，把鹅卵石从一个口袋移动到另一个口袋，以记录走过的步数。

　　毋庸置疑，从来没有哪次穿越丛林的旅行可以严格按照直线飞行的路线进行，当然也从来没有哪个人在他这种状态下还要被迫日夜兼程地赶路。因此，直线距离二十七千米的路程真走起来就超过了四十五千米。在几乎没有水的情况下，这简直是一个壮举。

　　他又喊了一遍："威尔·耶格，回来了！"

　　没有人应答。他站在那里，试图保持安静，侧耳倾听，但他实在筋疲力尽，身子不由自主地摇晃起来。

　　他又试了一次，声音更大了："威尔·耶格，回来了！"

　　沉默了好一会儿，然后有声音响起。

　　"站那儿别动，不然我就开枪了！"

　　这是探险队里美国海军海豹突击队前队员刘易斯·阿隆索的声音。声音响亮清晰，在树林中回荡着。

　　耶格按他说的做了，身体摇晃了一下，然后跪倒在地。

　　从耶格前方六十码的灌木丛中，闪出一个看起来魁梧有力的人影。阿隆索是非裔美国人，兼具迈克·泰

森的体格及威尔·史密斯的长相和幽默性格——至少
在耶格与他相处的这短短两个星期里，耶格是这么认
为的。

不过，此时此刻，耶格正紧盯着一把柯尔特突击
步枪的枪管，阿隆索的食指紧紧地按在扳机上。

"第一步，确认身份！"阿隆索喊道，声音里充满
了挑衅，"第一步，确认身份！"

耶格强撑着站了起来，向前迈了一步。"威尔·耶
格。我是耶格。"

阿隆索认不出他也许并不奇怪。耶格疲惫不堪，
声音嘶哑，喉咙干渴得几乎无法发声。他的战斗裤几乎
被撕成碎片，脸部因蚊虫叮咬和划伤变得发红肿胀、血
肉模糊，浑身上下还沾满了淤泥。

"双手举过头顶！"阿隆索咆哮道，"放下武器！"

耶格举起双手。"威尔·耶格——手无寸铁，该
死的。"

"神岛广！掩护我！"阿隆索喊道。

耶格看见第二个身影从灌木丛中走了出来。是日
本特种部队的老兵神岛广，他用另一把柯尔特突击步枪

瞄准了耶格的身体。

阿隆索向前走去，手里的枪随时准备开火。"趴下！"他喊道，"将手脚摊开。"

"天啊，阿隆索，咱俩是一队的啊。"耶格反驳道。

那个高大的美国人唯一的反应就是走近一点，一脚踹在了耶格身上。耶格重重地摔倒在地，四肢摊开躺在泥土里。

阿隆索走到他身后。"回答这些问题。"他大声喊道，"你和你的探险队来这里干什么？"

"找到一架飞机残骸，确认它的身份，然后把它从丛林里弄出去。"

"我们的当地联络人是谁？哪位巴西准将？"

"他是个上校。"耶格纠正道，"埃万德罗上校。拉斐尔·埃万德罗。"

"探险队除你之外所有成员的名字。"

"阿隆索、神岛广、詹姆斯、克莱蒙、戴尔、克拉尔、克拉科、桑托斯。"

阿隆索跪了下来，直视着耶格的眼睛。"你漏了一个。我们一共有十个人。"

耶格摇摇头。"我没有。纳洛芙死了。我们试图渡过神河来找你们，我弄丢了她。"

"天啊。"阿隆索用手抓了抓他那剪得极短的头发，"现在只有五个人了。"

耶格茫然地环顾四周。当然，他肯定听错了，阿隆索的话是什么意思，什么叫"现在只有五个人了"？

阿隆索从腰带上取下一个水瓶，递了过去。"伙计，你肯定想不到这两天我们经历了什么。顺便说一句，你看起来糟透了。"

"你看起来也没好多少。"耶格喘着粗气说。

他接过阿隆索递给他的水瓶，咕嘟咕嘟地喝了个精光。他向阿隆索挥了挥空瓶子。阿隆索示意神岛广过来。耶格又开始喝水，喝了一瓶又一瓶，直到他完全不渴了才停下来。

阿隆索从暗处叫来了第三个人。"戴尔，圣诞节提前到了！给你开个绿灯。快来拍！"

迈克·戴尔走上前来，肩膀上固定着一台小型数码摄像机。耶格看见麦克风前面的灯闪烁着红光，他正在拍摄。

　　耶格看了眼阿隆索。美国人抱歉地耸了耸肩。"对不住，伙计，实在是那家伙太烦人了。'如果耶格和纳洛芙成功赶来，我必须将他们的到来全拍下来……如果耶格和纳洛芙成功赶来，我必须将他们的到来全拍下来。'"

　　戴尔在他们面前大约一英尺的地方停了下来，弯着腰，眼睛盯着摄像机，拍了几秒钟，然后按了个按钮，红灯闪烁了一下就熄灭了。

　　"伙计，这你可编不出来。"戴尔小声说，"简直太棒了。"他从摄像机后面盯着耶格。"嘿，耶格先生，你能不能帮我一下？先退后一步回到灌木丛中，然后再像刚才那样走过来。只是重演一小段，你知道的，我没拍着那一段。"

　　耶格静静地盯着摄像师看了好一会儿。戴尔，二十多岁，长发，长得很帅，不过很不自然，是那种刻意包装出来的帅气——留着三天不修剪的胡楂，大约是专门设计的特殊造型。他看起来就像一只精心修饰、自命不凡的凤头鹦鹉，耶格实在是喜欢不起来。

　　或许，也可能只是因为耶格对那个男人的摄像机有一种本能的厌恶。它总是不断地骚扰你，完全不给人留一点点隐私。简单地说，这就是戴尔的风格。

"对着镜头重现我的到来？"耶格粗声粗气地说，"我可不想这么做。你再多拍一秒钟，我就拿走摄像机，把它摔成碎片，让你把碎片全吃了。"

戴尔举起双手——其中一只手还提着摄像机——假装投降。"嘿，我理解。你刚刚经历了地狱般的折磨，好不容易才熬过来。这我完全理解。但是，耶格先生，事情越糟糕，我们才越要拍。或者说，这才是我们最想拍的内容。这才是一个优秀的电视节目必备的。"

尽管喝足了水，耶格还是感觉自己快死了，他实在没有心情和这个家伙废话。"优秀的电视节目吗？你到现在还觉得这一切都是为了拍好一个电视节目吗？戴尔，有些事你必须明白，现在最重要的是努力活下去，是生存。让你和其他人都能活着走出去。这不再是一个故事了。你自己就在亲身经历这一切。"

戴尔反驳道："但如果我不能继续拍，就没有电视节目了。赞助这个节目的电视台的高管们不就白白花了冤枉钱？"

"电视台的高管们都没来。"耶格咆哮道，"在这里的是我们。"他顿了一下，接着说："你要是再不经我同意用那玩意儿，你的节目就永远也不会有了。我的朋友，你也一样，以后永远也别想用摄影机了。"

"好了，现在告诉我，这里到底发生了什么事？"耶格催促道。

阿隆索和其他人在临近沙洲的丛林边缘砍出一片空地来，作为探险队的临时营地。高大的树木垂下的枝叶遮挡了火辣辣的阳光，在这种恶劣的环境里，这已经是最舒服的状态了。

耶格匆匆地在河里洗了个澡，河水像往常一样缓慢地蜿蜒而过。他从克拉科和神岛广跳伞时随身携带的那个容器里拿出一个小背包，取了一些必需品。在丛林中艰难跋涉了这么远，他急需一些东西补充体力，恢复身体，比如口粮、瓶装水、补液盐，还有驱虫剂。清洗干净、吃饱喝足后，他终于觉得自己稍微有点人样了。

探险队员——或者更确切地说，那些留下来的人——聚集在一起，开了个小会。但空气中始终弥漫着一种不同寻常的紧张气氛，就好像有敌人藏在营地周围看不见的角落里，正徘徊窥视着他们。耶格又从容器里拿了一支备用的战斗霰弹枪。不止他一个人在分神盯着丛林，紧握着手中的枪。

"我想我还是从头开始说吧，从我们跳出机舱后，找不到你和纳洛芙的时候开始。"阿隆索低沉的声音响起，带着他那非裔美国人的典型腔调。

正如耶格之前认为的那样，阿隆索是那种从不掩饰自己内心感受的人。他说话的时候，耶格能明显地察觉到他对曾经发生的事情深感遗憾。

"跳出机舱后，我们很快就跟丢了你们，所以我只好带着其他人继续按原计划着陆。我们跳得挺好。所有人都安全地到达了目的地，没人受伤，地面空旷而坚实。我们扎好了营地，整理好装备，又商定好岗哨如何安排，想着不会出什么大事，我们就在这里等着你和纳洛芙赶过来就好，因为这里是约定好的第一个会合地点。"

"从那时起，我们就分成了两个阵营。"阿隆索继续说，"我这一派就叫'战士组'吧，我们想派个侦察小队到你们可能着陆的地方查探，看能不能把你们找回来，当然前提是你们还活着。另外一派姑且叫他们'环保组'……"

"然后，由詹姆斯和桑托斯领导的'环保组'，他们想走那条路。"阿隆索竖起大拇指，向西指了指，"他们以为自己找到了一条印第安人开辟的河边小路。我们知道那个印第安部落就在这里的某处。我们都能察觉到丛林里有人在注视着我们。环保组——他们想要伸出手，和那些印第安人和平接触。"

"和平接触！"阿隆索看了眼耶格，"你知道的，我刚刚在苏丹的努巴山区参加了一年的维和行动。那地方实在太偏僻了。某些努巴部落的人，到现在还光着屁股四处晃荡。但你知道吗？伙计，我渐渐喜欢上了他们。我从一开始就学到了一个真理——如果他们想跟你和平接触，一定会让你知道。"

阿隆索耸耸肩。"长话短说，第二天中午时分，詹姆斯和桑托斯出发了。桑托斯坚持认为她知道自己要怎么做，她是巴西人，多年来一直与亚马孙各个印第安部落打交道。"他摇了摇头，"詹姆斯，伙计，他大约是疯了，简直是个十足的笨蛋。他给印第安人写了几张便条，字迹潦草，还胡乱画了几幅画。"说到这儿，阿隆索看了眼戴尔，"你拍了吗？"

戴尔抓起他的摄像机，打开侧面的液晶显示屏，翻找着存储卡里存储的数字文件。然后，他按了"播放"键，屏幕上立刻出现了一幅图像——一张潦草的手写便条的特写；背景音里还可以听到乔·詹姆斯在念便条上的文字，他的声音带着浓重的新西兰腔。

"嘿！亚马孙的居民们！你们喜欢和平，我们也喜欢和平。让我们和平共处吧！"镜头里出现了詹姆斯浓密的大胡子和轮廓分明的脸，"我们马上就要进入你们的领地，向你们问好，和你们和平相处。"

戴尔一脸难以置信地摇了摇头。"你能相信这家伙吗？'嘿！亚马孙的居民们！'我的意思是说，就像印第安人会说英语似的！他真是一个疯子，大约在树林中的小木屋里待太久了。他很适合拍片子，但不适合执行任务！"

耶格表示自己知道了。"他确实有点与众不同。但这里哪个人绝对正常呢？没有哪个百分之百理智的人会来这里。稍微疯点没什么。"

阿隆索挠了挠自己的胡楂子。"当然，但是伙计，他——詹姆斯——他有点过了。不管怎样，他和桑托斯还是出发了。二十四小时后，没有任何他们的消息，当然我们也没有遇到任何麻烦。所以，'环保组'的第二梯队，法国人克莱蒙和德国人克拉科——你永远想不到他也是个天生的环保主义者，他们便启程去接应詹姆斯和桑托斯。"

"我不该让他们走的，"阿隆索咆哮道，"我当时就感觉不太对劲。但你和纳洛芙都不在，我们没有队长和副队长。正午时分，在克莱蒙和克拉科离开一个小时后，我们听到了喊叫声和枪声。听起来像是有两队人，好像一队人伏击了另一队，双方打了起来。"

阿隆索瞥了耶格一眼。"情况大概就是这样，'环保组'全军覆没。我们以猎人的身份出发，悄悄追踪克莱蒙和克拉科留下的痕迹，一直追到半英里外的地方。我们在那里的灌木丛中发现了新鲜的血迹，还有好几件这样的东西。"

他从背包里拿出一件东西递给耶格。"小心。我怀疑上面有毒。"

耶格仔细查看了一下阿隆索递给他的东西。那是一块大约六英寸长的薄木片，上面雕刻着精致的花纹，一端削尖，尖上涂着某种黏稠的黑色液体。

"我们继续往前走，"阿隆索继续说，"终于发现了詹姆斯和桑托斯留下的痕迹。我们找到了他们的营地，但营地里没有人，也没有挣扎打斗的痕迹，没有血，没有吹箭，什么都没有。他们就像是被外星人传送走了一样。"

阿隆索停顿了一下。"然后，我们又发现了这个。"他从口袋里掏出一个用过的弹壳，"在回来的路上偶然发现的。"他把弹壳递给耶格，"7.62 毫米口径。很可能是通用机枪或 AK-47 的子弹。反正，肯定不是我们自己人的。"

耶格拿着弹壳，仔细翻看了好一会儿。

几十年前，北约部队使用的弹药口径一直是 7.62 毫米。后来，在越南战争中，美国人试验了一种更小口径的子弹，只有 5.56 毫米。子弹越轻，步兵可以携带的子弹就越多，也意味着火力可以更持久——这一点至关重要，尤其是长时间待在丛林里，徒步执行任务时。此后，5.56 毫米口径的子弹就成了北约部队的标配，沙洲上探险队成员使用的武器没有一个是 7.62 毫米口径的。

耶格看着阿隆索问："他们四个人之后再也没有出现？"

阿隆索摇了摇头。"没有。"

"那么，你是怎么想的呢？"耶格问。

阿隆索脸色瞬间阴沉下来。"伙计，我不知道……有一股敌对势力存在，这是肯定的，但目前这股势力是什么来路仍然是个谜。如果是印第安人，7.62 毫米口径的武器又是从哪里来的？一个原始落后的印第安部落什么时候配备了这种类型的武器？"

"告诉我，"耶格问，"血迹看起来是什么样子的？"

"伏击现场的血迹？和你想的差不多。满地的血，都凝结了。"

"很多血？"耶格问。

阿隆索耸耸肩。"相当多。"

耶格举起阿隆索递给他的那片薄木片。"显然，这是吹箭。我们都知道印第安人有这样的武器，据说还会涂抹毒药。你知道他们用什么来涂抹吹箭吗？箭毒由森林里某种藤蔓的汁液制成。箭毒可以阻止横膈膜肌肉正常工作，以此来置人于死地。换句话说，中箭毒的人会窒息而死。这可不是什么好死法。"

"我在巴西训练埃万德罗上校的巴西特种部队时了解过一点这方面的信息。印第安人常常用吹箭来猎杀树梢上的猴子。吹箭一旦射中猴子，猴子就会掉下来，印第安人就会抓住猴子，取回吹箭。每一个吹箭都是手工雕刻的，他们通常不会随便乱丢。但最重要的是，如果你被涂抹了箭毒的吹箭击中，它只会像针一样扎在你的身上，几乎不会流血。"

"还有这个。"耶格拿起吹箭，放到了自己的嘴里，用舌头舔了舔箭头上的黑色黏液。旁边的几个探险队员明显吃了一惊。

耶格向他们保证道："吃了箭毒并不会让人中毒，箭毒只有直接进入血液里才会致人死亡。但问题是，真正的箭毒有一种明显的苦味。这个我猜大概是某种焦糖糖浆。"他冷笑了一声。"知道这些后，你们想到了什么？"

他瞥了一眼周围队员的脸。阿隆索下巴方正，真诚坦率，看起来简简单单，很诚实的样子，一看就是海豹突击队前队员。神岛广冷静从容，一脸期待，身体看起来就像个盘旋的弹簧。戴尔和克拉尔是媒体圈里两位冉冉升起的新星，一心想拍摄一部华而不实的大片好一鸣惊人。

"没有人被吹箭击中。"耶格自己说出了答案，"他们遇到了枪手伏击，光是血迹就足以证明这一点。所以，除非这个原始部落能以某种方式搞到武器来装备自己，否则就说明这里有一支神秘的队伍。事实上，他们留下这个，"他举起手里的吹箭，"并尽最大努力清理了他们的弹壳，就足以说明他们想让我们以为这一切是印第安人干的。"

他盯着吹箭看了一会儿。"除了我们和这个印第安部落，这里不应该有其他人。目前，我们还不知道这支神秘的队伍是什么背景，他们是怎么来到这里的，以及他们为什么与我们为敌。"他抬起头，眼神阴沉，"但有一件事是肯定的，这次探险行动的性质已经变了。"

"我们已经失去了五个队员。"他慢慢说道，目光刚毅，"我们甚至还没有正式踏进丛林，人数就已经少了一半。接下来，必须小心翼翼地进行之后的行动。"

他停顿了一下，目光中流露出以前从未有过的冷酷。他对失踪的队员都不太了解，但仍然觉得自己应该对他们的遭遇负责。

那个疯狂的新西兰人乔·詹姆斯诚实坦率，毫无城府，这一点对耶格来说很有吸引力。而莱蒂西亚·桑托斯是埃万德罗上校在探险队里的代表，她的失踪让耶格非常苦恼。

桑托斯看起来很引人注目，有点像巴西女演员泰斯·阿劳约，只不过她比阿劳约更了解普通老百姓的生活，也更了解丛林。她有一双黑色的眼睛，头发也乌黑发亮，性情急躁，喜欢冒险，和伊琳娜·纳洛芙是截然相反的性格。

对耶格来说，失去纳洛芙已经是一场灾难。而在探险行动刚开始的四十八小时里失去了五名队员，这简直是难以想象的麻烦。

第 十 九 章

第三个选择

"选择一,"耶格说道,他的声音此刻因为紧张而变得紧绷,"放弃这个任务,组织大家有序撤离。我们目前通信良好,附近就有可用的着陆点,安全撤离的可能性很大。不过这样做的话,虽然能让我们远离威胁,但那些目前还不知道生死的队友就相当于被我们彻底放弃了。"

"选择二,寻找失踪的队友。假设他们还活着,直到找到相反的证据。这样做的有利一面是,我们为了救队友尽了最大的努力,没有轻易舍弃他们;但不利的一面是，我们人不多，也没有太多的武器装备，敌方很可能拥有更强大的火力，人数也是个谜。"

耶格顿了一下。"还有第三个选择，我们继续按原计划进行探险行动。我怀疑，虽然这纯粹是我的直觉，但我觉得只要我们这样做，就一定能发现我们队友失踪的真相。不管怎样，不管是谁袭击了我们，他们这么做都是为了阻止我们完成目标。继续探险，就可以迫使他们采取行动。"

"这不是军事行动。"耶格继续说，"如果是的话，我会直接给你们下命令。但我们现在只是一群平民，所以需要集体讨论做出合适的选择。在我看来，目前只有这三个选择，我们可以投票决定下一步的行动。在投票之前，大家有什么问题或者建议吗？可以随便说，因为摄像机没开。"

他威胁地看着戴尔。"摄像机没开，对吗，戴尔先生？"

戴尔伸手捋了捋他那一头长发。"嘿，你不是说不让开吗？现在当然没有录像。"

"那就好。"耶格看了一下周围，等待队员们开口。

"我很好奇，"神岛广平静地说，他的英语非常流利，只有一点点日本口音，"如果这是一场军事行动，你会命令下属选哪个？"

"第三个。"耶格毫不犹豫地回答。

"能解释一下原因吗？"神岛广说话的语气非常谨慎，仿佛说出来的每个词都经过了精挑细选。

"这是反直觉思维。"耶格回答，"人类面对压力和危险时的正常反应是战斗或逃跑。逃跑就是撤退。战斗就是直接去追捕坏人。第三个选择最出其不意，我希望这样做可以让他们大吃一惊，迫使他们暴露自己，逼着他们犯错误。"

神岛广对着耶格微微鞠了一躬。"谢谢你。这个解释很不错。我也同意你的观点。"

"你知道的，伙计，不是五个人。"阿隆索咆哮道，"是六个，加上安迪·史密斯，是六个队友没了。我决不相信史密斯的死是个意外，现在发生了这样的事，就更不相信了。"

耶格点点头："加上史密斯，就六个了。"

"那我们什么时候能知道坐标？"一个声音提醒道，

"神秘飞机残骸的坐标。"

是斯特凡·克拉尔，耶格团队来自斯洛伐克的摄像师，他说英语时带着浓重的喉音。耶格注视着他。克拉尔矮小敦实，看起来像得了白化病，和皮肤坑坑洼洼的戴尔相比，就像是野兽与美女。他比戴尔大六岁，这一点单从长相上看不出来，仅就资历而言，他应该负责执导这个节目。

但卡森却让戴尔负责，耶格很清楚卡森为什么这么做。戴尔和卡森是一类人，圆滑、随和、冷静，在媒体圈里如鱼得水。相比之下，克拉尔就是个笨拙木讷的书呆子，是个想在电视行业出人头地的怪人。

"纳洛芙不在，我任命阿隆索做我的副手。"耶格回答，"我已经把坐标告诉他了。"

"那我们其他人呢？"克拉尔继续问。

不管眼前的话题有多严肃，只要克拉尔开口说话，脸上总会浮现出一种似笑非笑的诡异表情。耶格认为他这样大约是因为紧张，但内心深处仍然隐隐感到不安。

在军队的时候，耶格认识了很多克拉尔这样的人，有点内向，不太擅长与他人相处。他一直很重视训练手下的战士。通常情况下，他们是绝对忠诚的战士，即使他所忠诚的对象本身是错误的。在战斗打响后，他们是绝对的恶魔。

"如果我们投票的结果是第三个选择——继续探险，只要一到神河，我就会告诉你们坐标，"耶格说，"这是我和埃万德罗上校的约定，我们只要沿着神河开始真正的探险之旅，就可以向你们公开坐标。"

"那么，纳洛芙是怎么失踪的？"克拉尔试探着问道，"到底发生了什么事？"

耶格盯着克拉尔："我已经解释过了，关于纳洛芙的死。"

"我想再听一遍。"克拉尔逼问道，他脸上又浮现出了那诡异的笑容，"只是，你知道的，只是为了化解矛盾，澄清事实，把话说清楚。"

纳洛芙的死一直困扰着耶格，他不想重温那段可怕的经历。"当时情况非常混乱，糟糕透顶，而且形势变得太快。相信我——我根本救不了她。"

"你为什么这么肯定她已经死了？"克拉尔固执地追问，"对詹姆斯、桑托斯他们，你就没这么肯定。"

耶格眯起眼睛。"你当时要是在那里就知道了。"他平静地说。

"但你肯定能做点什么吧？那时才是第一天，你们正在过河……"

"你想让我现在开枪打死他？"阿隆索插话，用低沉的声音警告道，"还是等我们割掉他的舌头后再开枪打死他？"

耶格盯着克拉尔，语气中明显带着威胁的意味："克拉尔先生，这听起来有点好笑，我怎么感觉你是在采访我？这是我的错觉，对吗？你不是在采访我，对不对？"

克拉尔紧张地摇了摇头。"我只是公开谈论了几个问题，想厘清事实真相。"

耶格把目光从克拉尔身上移开，转向了戴尔。戴尔的摄像机就放在他旁边的地面上，他的手正偷偷地向摄像机伸过去。

"你们知道吗，伙计们，"耶格粗声粗气地说，"我也有一些事情想厘清。"他盯着摄像机，"你用黑色胶布把红色的灯光盖住了。你把它放在地上的时候，镜头刚好对着我。我猜，你把摄像机放到地上之前，就已经在拍了吧？"

耶格抬起眼睛注视着戴尔，戴尔在他的视线下身体似乎明显地抖了抖。"我再说一遍。最后一遍。你要是再敢耍花招，我就把摄像机砸你屁股上，把它砸个稀巴烂。明——白——了——吗？"

戴尔耸耸肩："知道了。我猜。只有……"

"没有例外。"耶格打断了他的话，"等我们讨论完，我要看着你把录像带上记录下来的所有内容全部删除。"

"但如果连这种重要场景我都不能拍，节目就没法制作了。"戴尔反驳道，"委员们——电视台的高管们——"

耶格一个眼神就让戴尔闭了嘴。"有件事你必须明白，现在我根本不在乎电视台的高管们，我只关心一件事，那就是带着探险队的队员们活着走出眼下的困境。我们目前已经失去了五个，不，六个队友，处于非常不利的境地，而且情况还在变化。"

"这种情况下，我什么事都干得出来。"耶格继续说，"这个摄像机激怒我了。"他用手指戳了戳摄像机，"如果再让我生气，你的东西就保不住了。好了，戴尔先生，把——它——这个该死的东西——关了。"

戴尔伸手拿起摄像机，按了几个按钮，关闭了电源。他被抓了个现行，但看他一脸不高兴的样子，你会以为他才是被冤枉的那个。

"都怪你，让我问了一大堆蠢问题。"克拉尔低声对戴尔说，"都怪你出的馊主意。"

耶格以前见过很多像戴尔和克拉尔这样的人。曾经有几个耶格认识的特种部队战士想要在他们那一行，就是异乎寻常的电视真人秀节目中出人头地。等他们发现这一行有多么残酷时，已经晚了。它会把人敲骨吸髓，再把干瘪的外壳吐出来丢掉。荣誉和忠诚对他们这一行的人来说，简直太稀罕了。

这是一个冷酷无情的行业。像戴尔和克拉尔这样的人——更不用说他们的老板卡森了——都挤破了脑袋想成功，甚至不惜损害其他人的利益。干这行的人，哪怕答应过别人不会拍摄，背地里也会偷偷做好准备，随时偷拍那些正在做生死抉择的人——这是在所难免的，就是因为这些素材才会拍这个故事。

你必须随时准备在你的摄像师同伴背后捅刀子，如果这样做能让你的命运有点起色的话。耶格讨厌这种风气，这就是他从一开始就不喜欢媒体的原因。

他把克拉尔和戴尔列入了必须密切关注的事项清单中。清单上有剧毒蜘蛛、凯门鳄、印第安人部落，当然还有身份不明、似乎打算干掉探险队的枪手队伍。

"好了，摄像机已经关了，现在我们开始投票吧。"耶格说，"选择一，放弃这次探险，撤离丛林。有没有人同意？"

没有人举手。

这多少让耶格松了口气：至少短期内，他们不会掉头逃离神山。

"介意我拍一下吗？"戴尔向耶格做了个手势。

耶格蹲在河边洗漱——他的枪就放在旁边，以防万一。

他朝水里吐了口唾沫。"我承认你真的很执着。探险队队长刷牙，这故事可真吸引人。"

"当然不是，说实在的。但我需要拍摄一些这样的场景，作为背景素材。只是为了展现在这样的环境中该如何生活……"他指了指附近的河流和丛林。

耶格耸耸肩。"随便你。另外，亮点来了：我要开始洗我的臭脸了。"

戴尔继续拍了几个镜头，镜头里的耶格看起来就像把神河当成了自家卫生间一样。有一次，摄像师甚至站在了河里，背对着河水，拍了个低角度镜头，镜头直接对准了耶格的喉咙。

耶格有点希望能游来一条五米长的凯门鳄，张开大嘴咬住戴尔的裤裆，但可惜没有这样的好运气。

不出所料，除了阿隆索一心想直接去追捕坏人，其他人选的都一样，都是第三个选择——按原计划继续探险。耶格不得不和卡森说明情况，他通过欧星卫星电话，简单说了两句就解决了问题。

卡森很快就表明了自己的立场：无论发生什么，都不能阻挡探险队的脚步。从一开始，所有探险队员就知道并深刻地认识到了这次探险行动的危险性。所有人都签署了一份具有法律约束力的免责声明，确认自己知道将置身于危险之中。五个队员目前只是失踪，在没有出现其他证据前就只是失踪。

卡森筹资一千二百万美元推出了这档面向全球的电视节目，不管怎样都得继续下去，这不仅关系到恩杜罗探险公司未来的命运，更关系到野狗传媒的前途发展。无论如何，耶格都必须带领探险队找到飞机残骸，揭开其背后隐藏的秘密，如果可能的话，还得把神秘战机从丛林深处弄出去。

如果有人在探险时受伤或死亡，他们的不幸也将因这一惊人的发现而显得无足轻重，至少卡森是这么认为的。他提醒耶格，这可是第二次世界大战最后一个大谜团：一架绝不应该存在的飞机——幽灵战机。可笑的是，卡森这么快就把档案管理员西蒙·詹金森的话当成了他自己的。

卡森甚至试图责备耶格妨碍了拍摄，显然戴尔给他打电话抱怨过。耶格懒得理睬卡森，只回了他一句：探险行动现在由自己全权负责，在这片丛林中一切行动必须听自己的；如果卡森不喜欢，那他完全可以飞到神山来取代自己。

挂断与卡森的电话，耶格又给"天空登陆者50"打了个电话。这艘巨大的飞艇花了很长一段时间才从英国飞出来，现在正在向他们所在地的上空移动。耶格认识飞行员史蒂夫·麦克布赖德，他们是在部队认识的。麦克布赖德是个非常出色的飞行员，操控"天空登陆者"绰绰有余。

耶格完全信任"天空登陆者50"的机组人员，这里当然还有其他原因。在离开伦敦前，他和卡森约定，如果卡森不同意拉夫加入探险队，就必须让拉夫做他在空中的眼睛。卡森妥协了，于是，这个高大的毛利人被正式任命为麦克布赖德在"天空登陆者50"上的作战参谋官。

耶格给飞艇打了个电话，从拉夫那里得到了关乎探险队大局的方方面面的最新消息。安迪·史密斯的死没有什么新消息，这完全在他意料之中。但最让人震惊的是关于西蒙·詹金森的消息。

档案管理员西蒙·詹金森在伦敦的公寓被人撬过，有三样东西不见了：有关容克斯 JU-390 幽灵战机的文件，他用来偷拍汉斯·卡姆勒相关文件的手机，还有他的笔记本电脑。詹金森被吓坏了，在国家档案馆查过相关记录之后更是吓破了胆。

那份汉斯·卡姆勒相关档案的编号是 AVIA 54/1403。国家档案馆声称，他们没有这份文件的任何记录。虽然詹金森亲眼见过，还偷偷拍了照片存在手机里，但随着他的公寓被盗，文件又被从档案里删除，这份编号为 AVIA 54/1403 的档案好像从未存在过一样。

幽灵战机现在有了一份它自己的幽灵档案。

第 二 十 章

视频日记

"詹金森很害怕，但他似乎并没有临阵退缩的打算，"拉夫解释道，"恰恰相反，詹金森发誓，无论如何，他都要把那些照片找回来。幸运的是，他把那些照片存储在好几个在线云盘里。只要他设法换一台电脑，就可以随时下载。"

耶格推断，詹金森的消息只暗示了一个问题，那就是，无论他们的敌人是谁，肯定都有钱有权有势力，可以让英国政府的档案文件离奇消失。由此导致的后果，虽然令人非常担忧，但自己身处亚马孙丛林腹地，对此也无能为力。

耶格敦促拉夫密切监视，并在探险队与"天空登陆者 50"联系时随时向他汇报。

他把自己的洗漱包收好，紧紧地卷起来。第二天一大早，他们就要出发前往神河的下游，船上空间有限。戴尔显然拍够了，因为他关掉了摄像机的电源。但耶格能感觉到他还在附近徘徊，好像想说些什么。

"听我说，我知道你很不喜欢这件事，"他试探着说，"就是拍片子的事。对之前发生的事，我很抱歉。我当时完全乱了阵脚。但如果我拍不到足够多的镜头和亮点让这个节目继续下去，我的麻烦就大了。"

耶格没说话。他不是很喜欢这个人，在发现戴尔偷拍之后，就更不喜欢了。

"你知道吗，我们这个行业有句名言，"戴尔继续说，"就是电视行业。亨特·S.汤普森说的，想听吗？"

耶格扛起枪。"我洗耳恭听。"

"'电视行业是条残酷而肤浅的赚钱渠道，'戴尔开始说，'是一条长长的塑料走廊，小偷和皮条客在那里自由奔跑，好人则像狗一样死去。'可能不是一字不差，但是……好人死得像狗，这是对这个行业的完美概括。"

耶格看着他。"在我们这个行当里也有类似的说法，'拍后背只是为了提醒你刀要捅进去了'。"他停顿了一下，"听着，我不需要喜欢你才能和你一起工作，但我也不是来找你麻烦的。只要我们都遵守一些切实可行的基本规则，就能够在不自相残杀的情况下渡过难关。

"什么样的规则？"

"合理的规则，当然也是你们所坚持的原则。比如，第一，你不需要征得我的同意就可以拍摄，你想怎么拍就怎么拍，但如果我告诉你不要拍，你就要照我说的做。"

戴尔点点头："这很公平。"

"第二，如果其他探险队员要求你别拍，你也要按要求做；你可以来找我询问，但首先你得尊重他们的意愿。"

"但这不就意味着每个人都有事实上的否决权了？"戴尔反驳道。

"不，只有我有。我才是探险队的队长，也就是说，你和克拉尔都是我的手下。如果我认为应该允许你们拍摄，我会支持你们。你们要做的是一项艰巨而富有挑战性的工作。我尊重这一点，我会是一名公正的仲裁员。"

戴尔耸耸肩。"嗯，好的。我想我别无选择了。"

"确实如此，"耶格肯定地说，"第三，如果我再发现你做出类似今天早上的事情——在你答应不拍摄的情况下偷拍，你的摄像机就会被我扔到河里。我不是在开玩笑。我已经失去了五名队员。别逼我。"

戴尔摊开双手表示忏悔。"就像我说的，我很抱歉。"

"第四，也是最后一条规则。"耶格盯着戴尔看了好一会儿，"不要违反规则。"

"明白了。"戴尔说。他停顿了一下。"不过，也许你能做一件事——让我们节目组这边更容易向观众交代。如果我能采访你，比如说就在这条河边，你可以简单回顾一下今天发生的所有事情——那些我们被禁止拍摄的事情。"

耶格想了一会儿："如果有我不想回答的问题，怎么办?"

"你可以不回答。但你是探险队队长,是最合适的发言人。"

耶格耸耸肩。"好吧。我同意了。但你记住,规则就是规则。"

戴尔笑了。"我懂,我懂。"

戴尔找到了克拉尔。他们一起把摄像机固定在一个轻便的三脚架上,给耶格戴好耳麦,调好声音,克拉尔站在摄像机后拍摄,戴尔则开始采访。他坐在摄像机旁边,让耶格看着他说话,尽可能忽视正对准耶格的脸的镜头。他巧妙地引导耶格把过去四十八小时发生的所有事情都简单讲述了一遍。

随着采访的深入,耶格不得不承认,戴尔很擅长干这行。他有办法引导你自然而然地说出他想让你说出来的话,而你感觉好像只是在和酒吧里的朋友聊天。

采访持续了十五分钟,耶格几乎忘了摄像机还在拍摄。

几乎。

"很明显,你和伊琳娜·纳洛芙就像两头蓄势待发的狮子，随时准备抓住机会与对方恶战一场。"戴尔试探着问，"那你为什么还要在过河时奋不顾身地救她呢？"

"她是探险队的队员。"耶格回答，"这就足够了。"

"但你是在和一条五米长的凯门鳄战斗，"戴尔追问道，"你差点因此丢掉了性命。为了一个似乎对你怀恨在心的人拼命，你到底是为了什么呢？"

耶格盯着戴尔。"我这一行有个老规矩，就是绝不说死人的坏话。现在，我们继续……"

"好吧，继续。"戴尔说，"那么，这支神秘的枪手队伍，你知道他们是谁或者他们要干什么吗？"

"我现在对他们几乎一无所知，"耶格回答，"这么偏远的地方，除了我们和印第安人，周围本不应该有任何人。至于他们想要什么，我想他们可能在找神秘飞机残骸的确切位置，当然，也许只是为了阻止我们找到它。我想不到其他的理由。但这只是我的直觉，仅此而已。"

"这是一个相当有趣的提法——可能有一支敌对的力量也在寻找飞机残骸，"戴尔接着说，"你的怀疑想必有一些根据吧？"

耶格还没来得及回答，克拉尔突然发出奇怪的啧啧声。

耶格注意到，这个斯洛伐克摄像师有一个不太好的习惯，喜欢喝牙。

戴尔转过身，恶狠狠地瞪了他一眼。"伙计，我正在采访呢。麻烦集中精神，别发出这种奇怪的声音。"

克拉尔怒视着他。"我专注得很。我正在这该死的摄像机后面按着该死的按钮，只是你没注意到。"

太好了，耶格心想。这才过了几天，摄像师就开始吵架了；如果在丛林里待上几个星期，他们会变成什么样子？

戴尔转头面向耶格，翻了翻白眼，好像在说：看看我有多难。"这个敌对势力——我想问一下你是怎么产生这样的怀疑的。"

"仔细想想，"耶格回答，"谁知道那架飞机残骸的确切位置？埃万德罗上校、我、阿隆索。如果有另一股力量想找到飞机残骸，就必须跟着我们，或者强迫我们探险队的队员开口。在我们飞往这里的途中，一架不明身份的飞机一直在跟踪我们。所以，也许——只是也许——我们一路上都被跟踪威胁着。"

戴尔笑了。"完美，采访结束。"他朝克拉尔比了个手势，"关机。你说得太好了。"他对耶格说，"你干得很好。"

耶格抱着他的枪。"如果能少挖点丑事就好了。但不管怎样，总比你们偷偷摸摸地拍要好。"

"好的。"戴尔顿了顿，"对了，你愿意每天都拍点这样的视频日记吗？"

耶格穿过沙洲向营地走去。"看情况吧，如果时间允许的话……"他耸耸肩，"我们先看看接下来会发生什么。"

丛林里，夜晚很快就来临了。

黑漆漆的夜幕下，耶格涂上驱虫剂，把裤腿塞进靴子里，防止任何可怕的小爬虫趁着夜色钻进衣服里。他准备就这样穿着衣服和靴子，抱着枪睡觉。

如果夜晚有人突袭，他就能随时起来，投入战斗。

不过，这样做并不能完全击败同样在神山上生活的死敌——蚊子。耶格从未见过这样的怪物。他甚至能听到它们像迷你吸血蝙蝠一样绕着自己的身体盘旋时发出的可怕的嗡嗡声，听起来一心想要吸血，传播疾病。当然，这些蚊子可以轻易刺穿他的战斗服。耶格能感觉到，那只不同寻常的小虫子正在咬他。

他爬上吊床，整个人疲惫不堪，四肢火辣辣地疼。之前他为了拯救纳洛芙拼命战斗，后来又独自一人穿越丛林，现在的他已经筋疲力尽了，前一天晚上他几乎没有休息。他毫不怀疑自己会像死人一样睡上一整晚，尤其是阿隆索答应他会在晚上守夜之后。

这位海豹突击队前队员按常规在营地周围设置了岗哨，确保整夜都有人值守，保护营地的安全。如果有人要离开营地，不论什么原因，即使是拉屎，也必须两人一起，互帮互助。这样的话，一旦遇到麻烦，就能确保所有人都有帮手，不至于落单。

沙洲一片黑暗，只有各种嘈杂的声音此起彼伏。蝉一直叫到了天亮。各种不知名的飞虫时不时地发出嗡嗡声。巨大的蝙蝠从水面俯冲而过，猎食昆虫，发出几乎听不见的尖叫声。

　　这种蝙蝠在神河上空到处都是，它们拍打着翅膀飞过黑暗的夜空。耶格只能借着穿过树梢的微弱星光，看到蝙蝠飞快掠过的身影。它们幽灵般的影子与萤火虫不停跳动的诡异微光形成了鲜明的对比。

　　那些萤火虫像一粒粒坠落的星尘，点缀着丝绸般的夜空。它们在丛林里钻进钻出，沿着河岸形成了一道模糊的蓝绿色荧光带。时不时就会有萤火虫消失——一只蝙蝠俯冲下来，扑过去将它吃掉，然后那点微弱的光也就熄灭了。就像耶格的四名队员那样，被一股幽灵般的黑暗力量从阴森的丛林中带走了。

　　夜深人静时，耶格发现自己满脑子都是白天被强行压下的各种疑问。他们刚进入丛林没几天，就已经少了五名队员。但是，无论如何，他都必须改变探险队的命运，虽然事实上，他也不知道要怎么做。

　　当然，这不是他第一次深陷泥潭，之前他每次都有办法扭转局面。每当碰到这种情况时，他的内心深处就会自然而然地迸发出一股强大的力量，能在不确定和压倒性的不利形势下逆风翻盘。

　　他很确定，现在发生的所有不幸的事情，真相都隐藏在丛林深处，藏在那架神秘飞机残骸所在的地方。这一点就是驱使他继续前进的唯一动力。

耶格躺在吊床上抬起左脚，伸手解开鞋带，脱下靴子，把手伸进靴子的最底层，从鞋垫里掏出一个东西。他用手电筒照了一下，目光集中在眼前照片上的两个人身上——一个碧绿双眸、头发乌黑的美丽女人，旁边是想要保护妈妈的小男孩，小男孩的长相几乎和耶格一模一样。

过去的那么多个夜晚，耶格一直在为他们祈祷，尤其是在比奥科岛度过的那几年漫长而空虚的时光里。今晚，他躺在神河边沙洲上两棵树之间的吊床上，又在为他们祈祷。他相信，答案一定在那遥远的飞机残骸藏身的地方，在那里或许还有可能找到他最想知道的答案——他的妻儿到底经历了什么。

耶格抱着那张照片，开始睡觉。

他迷迷糊糊地进入了梦乡。不知怎的，耶格总感觉目前他们与那支神秘队伍好像暂时休战了。自从跳伞进入神山以来，他第一次没有察觉到任何盯着自己的视线，好像隐藏在丛林阴暗角落的那一双双怀有敌意的眼睛突然消失不见了。

　　但他也知道这只是暂时的平静。他们之间已经发生了一次小规模冲突，还有人员伤亡。

　　真正的战争才刚刚开始。

第 二 十 一 章

穿越神河

他们已经沿着神河连续走了三天。在这三天里，耶格不停地思考他们接下来的行程安排，想得有些心烦意乱。通过水路，他们划着充气皮划艇顺流而下，以平均每小时六千米的速度向西行进了三天，整整走了一百二十千米。

耶格对他们的行进速度非常满意。如果从陆地上走，同样的距离将花费几倍的时间和精力，更不用说可能遇到的种种危险了。

第三天，快到下午三点的时候，耶格终于看见了他要找的地方，两条河道的交汇处。在这里，神河与另外一条稍窄一些的河——黄金河交汇在一起。神河的河水里全都是丛林里的泥沙残渣，颜色呈深棕色，甚至可以说接近黑色；而黄金河的河水则是金黄色的，河水中有许多从山上冲刷下来的砂质沉积物。

在两条河流交汇的地方，黄金河虽然水温较低、密度较大，却不愿与水温较高、密度较小的神河水混在一起，因此耶格看到了前方一幕神奇的景象——黑黄分明的河水并排流淌了将近一千米，却几乎没有混合的地方。

稍窄一些的黄金河在这里与神河交汇，共用一条河道。这时，耶格和他的探险队离他们的必经之路只剩三千米的路程了，可是眼前却面临着一个无法避免的障碍——魔鬼瀑布，从这里开始，河水从将近一千英尺的高处倾泻而下。

到目前为止，他们已经穿越了一片被丛林覆盖的高原。神河河水轰鸣着从高处飞流直下形成的这条瀑布，标志着从这里开始，高原被参差不齐的断裂带撕裂成了两半。再向西走，前方那一大片土地的地势要比这边低一千英尺，形成了一望无际的低地热带雨林。

他们此行的目的地——神秘飞机残骸所在地，就位于魔鬼瀑布前方约三十千米处，在那片低地热带雨林深处。

耶格坐在他的充气皮划艇上，走在队伍的最前面，手中的桨无声无息地插入水中，几乎没有一丝涟漪。作为皇家海军陆战队前突击队员，走水路对他来说毫不费力。他在前面带路，领着后面的人穿过更加危险的浅滩。他思考着下一步该如何行动。他现在的决定对未来至关重要。

至少与之前相比，顺流而下的这段旅程相当平静。但他担心过不了多久，他们改走陆路时，这段短暂的平静期就会结束。

他现在就能察觉到某种新的威胁正在空中不断地回响：某种深沉、嘶哑的吼叫声充斥着他的耳朵，就好像有十万只角马在非洲平原上以雷霆之势狂奔而来。

他瞥了一眼前方。

地平线上升腾起一片高高的水雾，那是神河水从高处倾泻而下溅起来的水花，形成了世界上最高、最壮观的瀑布之一。

从航拍照片中可以明显看出，魔鬼瀑布这条路根本无法避开。去低地热带雨林唯一可能成功的路线似乎是一条通往悬崖下方的小道，但那条小道得从这里一路向北走一天才能到。耶格的计划是不久后就放弃水路，徒步走完最后一段路，包括那段陡峭难走的下坡路。

绕过魔鬼瀑布的话，他们要走的路就会更远更长，但据他所知，没有其他选择。他全方位地研究了这里的地形，想要继续前进，只能沿着那条小道从悬崖上走下来。至于到底是谁或什么东西开辟了这条道路，仍然是个谜。

可能是某种野生动物。

可能是印第安人。

也可能是不知藏在哪里的那支神秘队伍——荷枪实弹，敌意满满，危险恐怖。

耶格要解决的第二个问题是，他们一直希望探险队的十个人能一起走完这段旅程，但现在只剩五个人，他不知道该如何处理失踪队员的装备。他们把失踪队员的个人物品全都塞进了皮划艇里，但没有办法带着它们继续走陆路。

留下这些装备，就相当于他们接受了失踪队员已死亡的事实，但耶格实在找不到别的办法。

他回头看了一眼。

他的皮划艇在最前面，其他人的跟在后面，一共五条，每条都长十五英尺，用最先进的材料制作而成，是半折叠式充气探险皮划艇，就装在神岛广和克拉科跳伞时携带的那个巨大容器里。每条皮划艇重约二十五千克，折叠起来是个约两平方英尺的立方体，但展开成为小艇后可以携带二百四十九千克的装备。

耶格和队员们一起在沙洲上打开了皮划艇的包装，用脚踩充气泵充满气后将它们推入水中。每条皮划艇的艇身都采用了三层超强防撕裂材料，拥有极强的抗穿刺性能，内置的铝杆增加了稳定性，再加上可调节的软垫座椅，非常适合长时间走水路，完全不用担心磨破皮。

每条皮划艇都有六个充气室，再加上漂浮气囊，基本可以确保它不会沉没，这一点已经在他们之前遇到的几处急流中得到了验证。

　　耶格最初的计划是，总共五条皮划艇，每条坐两个人。但由于他们现在只有五个人，便进行了相应的调整，变成每条皮划艇只坐一个人。戴尔和克拉尔似乎松了口气，因为他们不用挤在一条狭窄的皮划艇上，度过三天的漂流之旅。

　　耶格认为，两个摄像师之间之所以有敌意，是因为克拉尔对戴尔级别比他高而愤愤不平。戴尔是这个节目的导演，而克拉尔只是个制片助理，这位来自斯洛伐克的摄像师时不时就会流露出不满和厌烦的情绪。至于戴尔，则对克拉尔嗑牙的坏习惯非常不爽。

　　耶格参加过很多次这样的探险活动，他知道，面对丛林的严峻考验，即使是最好的朋友都有可能反目成仇。他知道自己必须及时解决这个问题，否则这种不和很有可能对整个探险队不利。

　　探险队的其他成员——耶格本人、阿隆索和神岛广，关系处得都不错。没有什么比发现自己的敌人神秘且强大更能让几个大男人团结起来了。这三名前特种战士在逆境中团结一致，只有两个摄像师还在背后互相抱怨。

当耶格的皮划艇像箭一般划过河面时，看着一边金白色，一边墨黑色的河水，他蓦然想起自己曾经在河上漂流时是多么快乐。

当然，五名队员的失踪还是给他们的探险蒙上了挥之不去的阴影。

之前在伦敦时，这曾经是他非常期待的事情——在地球最大的丛林腹地，划着皮划艇在一条荒凉偏僻的大河上漂流。在这里，河流就是阳光和生命的通道：野生动物潮水般涌向河边，无数小鸟扇动翅膀发出沉闷的声响。

每条皮划艇上都有松紧带网兜，可以快速取用重要装备。耶格把他的战斗霰弹枪插在里面，想拿的话一伸手就能拿到。如果凯门鳄来给他制造麻烦，必要时他可以立刻拔枪射击。为避免在危急时刻误伤同伴，他们划皮划艇时都刻意保持了一定的距离，因为皮划艇大概是在河面上移动的最大物体。

那天早上，耶格曾一度让他的皮划艇静静地顺流而下，而他则看着一只强壮的雄性美洲豹偷偷接近它的猎物。那只美洲豹沿着河边小心翼翼地走着，尽可能不激起涟漪，也不发出声音。它就这样悄悄走进了凯门鳄的盲区，游到了凯门鳄晒太阳的泥滩上。这是一条宽吻凯门鳄，比黑凯门鳄体形略小一些。

那只美洲豹蹑手蹑脚地爬到泥滩上，然后猛扑过去。凯门鳄在最后一瞬间意识到了危险，想扭头反击。但是美洲豹跑得太快了。它将两条腿搭在凯门鳄肩上，爪子狠狠一抓，直接咬住了凯门鳄的头，尖利的牙齿瞬间刺进凯门鳄的脑袋里。

杀戮只持续了一瞬间，随后美洲豹就将凯门鳄拖入水中，游回岸边。观看了整个狩猎过程的耶格特别想给这只美洲豹鼓掌叫好。美洲豹一比零秒杀凯门鳄，对耶格来说，他很希望这样的比分能一直保持下去。

自从他与那条庞大的凯门鳄殊死搏斗，弄丢了伊琳娜·纳洛芙之后，他就对凯门鳄厌恶到了极点。

乘船前进还有一个好处，就是戴尔和克拉尔的皮划艇被他放到了最后。耶格说他们缺乏划皮划艇的经验，所以应该尽可能远离任何可能遇到的麻烦。而耶格也借此远离了戴尔烦人的摄像机镜头。

但奇怪的是，在过去的一天里，耶格发现自己竟然有些想念对着摄像机说话的时候。摄像机就好像一个特殊的谈话对象，可以让他尽情地释放心底的压力。耶格从来没有像这次这样如此渴望拥有一个可以交心的朋友。

阿隆索这个临时任命的副队长确实不错。事实上，他在很多时候都让耶格想起了拉夫。这位海豹突击队前队员身材高大、体格健壮，毫无疑问是一个最出色的战士。随着时间的推移，耶格认为，阿隆索会是个优秀而忠诚的朋友，但肯定不是他的知己，至少现在还不是。

神岛广也一样不会是他的知己。耶格觉得，他有很多东西可以和这个寡言少语的日本人分享，但神岛广信奉武士道，那是一种神秘的东方武士信条。这就要求耶格必须先了解神岛广。他和阿隆索都是不折不扣的精锐部队队员，对他们这种人来说，想要让他们彻底卸下戒备，敞开心扉，需要花费相当长的时间。

事实上，这也和耶格自己的性格脱不了干系。在比奥科岛待了三年，他敏锐地察觉到自己一个人待着的时候是多么舒服。他不是那种特别喜欢独来独往的人，也不是那种谁都信不过的退役军人，但他越来越习惯一个人生活。他已经习惯了自己一个人待着，有时只是因为这样做更安心些。

耶格有时候会想，伊琳娜·纳洛芙如果还在会怎么样。随着时间的推移，她会成为那个和耶格无话不谈的朋友吗？一个真正的知心朋友？可是，他再也没有机会知道了。不管怎么说，他已经失去了她，在他真正了解她之前就已经失去了她，虽然耶格也不知道自己是不是有机会真正地了解她。

纳洛芙不在了，摄像机镜头就成了耶格特殊的知己。但它有一个致命的缺陷——它离不开戴尔。这就意味着它根本不值得信赖。但现在耶格只能和它说了。

昨天晚上，在河边露营时，他接受了戴尔的第二次采访。采访过程中，他发现自己对这个人好像没那么讨厌了。戴尔总能找到办法，让他的采访对象冷静而有尊严地说出内心真实的想法。

这种天赋很难得，也因此耶格勉强对他产生了些许尊重。

采访结束后，斯特凡·克拉尔找了个机会和耶格单独聊了一会儿。克拉尔磨磨蹭蹭地收拾好他的摄像机，开始为之前在沙洲偷拍一事表示歉意。

"我希望你不要认为我是在胡说八道，但我觉得你应该知道这些。"他说着，脸上又浮现出那种奇怪的笑容，"那次偷拍是戴尔的主意。他先把想问的问题偷偷告诉我，让我提问，自己则悄悄盯着摄像机。"

他不安地瞥了一眼耶格。"我说这根本不可能成功，你肯定会察觉到，但戴尔根本不听。在他看来，他是大导演，而我只是个身份低微的制片助理，当然是他说了算。"克拉尔的话里充满了怨恨，"我比他年长几岁，我拍摄过更多丛林题材的片子，但不知为什么，我还是得听他指挥。老实说，我总觉得他很有可能还会玩同样的把戏。我想我应该提醒你一下。"

"谢谢，"耶格说，"我会留意的。"

"我有三个孩子，你知道他们最喜欢什么电影吗？"克拉尔继续说道，歪歪扭扭的笑容迅速在他的脸上蔓延开来，"是《怪物史莱克》。你有没有听说过别的事情？戴尔，他是个'万人迷'，而且他很擅长利用自己的优势。电视媒体圈里的女性很多，而且大多是制片人、高管、导演等，他可以轻易把她们玩弄于股掌之上。"

在部队的时候，耶格就很擅长"化腐朽为神奇"，这也在一定程度上解释了为什么他对弱者有一种天然的亲和力；而在探险队的摄制组里，克拉尔毫无疑问是弱势的那个。

但与此同时，他也很能理解卡森为什么让戴尔负责这个节目的拍摄。在军队中，经常会有年轻军官指挥那些经验比他们更丰富的老兵的情况，仅仅是因为他们具备更强的领导能力。如果他是卡森，他也会这么安排。

耶格尽力安抚克拉尔，告诉他无论有什么忧虑和想法，都可以来告诉他。但该说的都说了，该做的也都做了，剩下的就得靠他们俩自己解决了。他们达成和解至关重要。

那种剑拔弩张的关系、积压已久的怨恨，很可能让探险队分崩离析。

在耶格皮划艇船头的下方，原本黑白分明的河水渐渐混合在一起，变成了肮脏的灰色，魔鬼瀑布的轰鸣声渐渐变得震耳欲聋。巨大的轰鸣声把耶格的思绪拉回到无情的现实中，现在有更紧要的事情做。

他们必须迅速上岸，一刻都不能耽搁。

在他前方右手边，有一段泥泞的河岸，上面悬垂着很多树枝。

他打了个手势，把自己皮划艇的船头转向那边的河岸，其他的皮划艇则在他后面排成一排。他使劲划着桨向河岸冲去，却突然发现树冠下有个东西一闪而过——肯定是什么动物或其他东西掠过了河岸。他目不转睛地盯着树下的阴影，想等等看它会不会再次出现。

过了一会儿，一个人影从丛林中走了出来。

那个人光着脚，除了腰间系着一条用树皮编织的腰带外，全身赤裸，站在非常显眼的地方，紧盯着耶格的方向。

这个迄今为止从未与外界接触过的亚马孙印第安部落的勇士与耶格之间只隔着五百码的距离。

第二十二章

印第安勇士

毋庸置疑，这位丛林勇士选择在他们面前现身是因为耶格，问题是，为什么呢？他本来已经悄无声息地消失在黑暗中了，只要他愿意，他可以一直藏着。

他一只手上拿着造型优美的弓箭。耶格很熟悉这种武器。每支长箭都是用一根长约十二英寸的扁平竹片打磨而成的，边缘呈锯齿状，锋利如剃刀。

竹箭头上会涂抹某种树的汁液，那是一种抗凝血剂。尾部会用鹦鹉尾羽装饰，确保它能向瞄准的方向飞。如果被箭尖击中，抗凝血剂会阻止中箭人的血液凝结，导致中箭人血流过多而死。

印第安人的吹箭射程只有一百多英尺，差不多能到达丛林树梢之上。相比而言，弓箭射程更远，差不多是吹箭射程的四到五倍。印第安部落在捕猎大型动物时经常使用这种武器，比如凯门鳄和美洲豹，当然还有入侵他们领地的敌人。

耶格用他的桨发出警报信号，提醒他身后的人，以防他们没注意到。

他把桨从河里拿起来，横放在皮划艇上，右手轻轻地放在猎枪上。他向前漂流了几秒钟，默默地盯着那个印第安人，对方也安静地盯着他。

那人突然向自己的左右两边分别做了个手势。然后他的左右两边又走出来几个人，穿着同样的衣服，带着同样的武器。

耶格数了数，一共有十二个，可能还有更多人隐藏在他们身后的阴影中。似乎是为了证实他的想法，领头的勇士，看起来是这伙人的首领，又做了一个手势，好像在暗示什么。

一声叫喊响彻整个神河河面。

野兽一般低沉、狂野的喉音迅速汇集成高昂激越的战歌，隔着水面挑衅着外来者。与此同时，丛林中还传出一声声强劲有力的击打声，就好像有人按照特定的节奏不断敲打着丛林中某个巨大的鼓：咔嘭——嘭——嘭，咔嘭——嘭——嘭！

低沉的节拍在水面回荡，耶格终于想起这是什么声音。他在训练埃万德罗上校的巴西特种部队时也曾听到过类似的声音。就在树线①内的某个地方，当时印第安人正在用沉重的棍棒击打一根巨大的板根，敲击声如雷鸣般震耳欲聋。

耶格看着对面那位印第安人首领举起弓，朝着他的方向，用力挥舞。战歌的声音越来越高，他手里的弓随着棍棒敲击板根的节奏不停挥舞。这个阵势及其表现出来的整体效果，完全不需要翻译。

不要再往前走了。

---

① 树线可以用来划分树木生长或不生长的区域。在树线以内，树木可以正常生长；在树线之外，树木就会由于各种原因，无法生长。——译者注

问题是，耶格不可能退回去。

身后只有一百多千米的河流，逆流而上的话，方向错误，根本到不了目的地，前方只有魔鬼瀑布倾泻而下的湍急水流。

他们只有在这里登陆才有希望成功，否则耶格和他的探险队必然深陷绝境。

在这样的情况下与印第安人进行第一次接触很难说能不能得到个好结果，但耶格知道他没有别的选择。再过几秒钟，他就会进入这些印第安人弓箭的射程之内；而且这一次，他相信箭头一定涂了毒药。

他拿起枪，对准皮划艇前面的河水连开六枪。警告性的枪声接连不断地响起，划破了前方的水面，溅起巨大的水花。

印第安人的反应极其迅速。

勇士们瞬间拈弓搭箭，射向目标。长箭在空中划出一道弧线，落入了耶格皮划艇船头前方的水里。警告的叫喊声此起彼伏。有那么一瞬间，耶格觉得这个部落已经下定决心要坚守阵地，继续战斗。

他来这里并不是想与这个原始部落交战。但如果别无选择，他会使用一切必要手段，和其他探险队员一起，与敌人战斗到最后一刻。

他与那个印第安人首领对视了很长一段时间，仿佛在无声地进行意志的交锋。然后那个身影又做了个手势，手臂向身后的丛林里用力地挥动。他两旁的人立刻退入丛林中，瞬间消失不见。

耶格曾多次看到印第安人就这样瞬间消失得无影无踪，但他还是忍不住惊叹。他从未见过任何人，哪怕是拉夫，能拥有如此让人惊叹的本事。

但是那位印第安人首领依旧一动不动地站在原地，满面怒气。

他独自站在那里，面对着耶格。

皮划艇继续向河岸边漂去。耶格看到那位印第安人首领右手提起了什么东西，然后愤怒地吼了一声，把它深深地插进了泥滩里。那个东西看起来就像一支长矛，高高竖起的一端上有一面类似战旗或者三角旗的东西在风中飘扬。

然后，那个人也转身离开了。

耶格没有冒险上岸。他独自向前划去，阿隆索和神岛广在他身后两侧端着枪掩护。他让戴尔和克拉尔带着摄像机跟在最后面，因为他们决心要拍摄所有细节。

耶格知道自己被掩护得很好，而且他确信自己刚刚开的那六枪肯定对那个印第安部落形成了强大的威慑力。他用力划桨，皮划艇很快就漂到了泥滩边上。他扛起枪，将枪口对准黑漆漆的丛林。

丛林中一点动静也没有。

皮划艇的船头撞到淤泥里，停了下来。耶格立马跳了出来，蹲在他那满载装备的船后方，拿着枪对准前方的丛林来回查看。

他一直保持着那个姿势，待了足有五分钟。

他一直弓着腰，端着枪，静静地听着，看着。

他将自己所有的感官都集中起来，努力查探这个新环境，过滤掉所有属于大自然的声音。如果他能排除所有自然的声音，就能找到那些不属于丛林的特殊的声音，比如人类的脚步声，或者勇士拈弓搭箭的声音等等。

但是，他没有发现任何特殊的声音。

那个印第安部落似乎迅速地消失了，就像他们突然出现在耶格面前一样。但是，耶格完全不相信他们已经彻底离开。

他端着枪，示意阿隆索和神岛广靠近岸边。在他们俩的皮划艇与耶格的几乎齐平时，耶格站了起来，涉水蹚过浅滩，端着枪，随时准备开枪战斗。

在泥滩上走到中途，他突然单膝跪地，端着枪对着前方的黑暗地带反复查探。他示意阿隆索和神岛广靠近自己。等他们走近时，他又继续往前走，然后他抓住了那位印第安人首领的长矛，把它从泥滩里拔了出来。

莱蒂西亚·桑托斯是耶格探险队中失踪的巴西队员。她戴着一条醒目的彩色丝巾，上面写着"狂欢节！"几个字。耶格会说一口流利的葡萄牙语，这是他在训练巴西特种部队时学会的。他曾和桑托斯说，这条围巾与她热情洋溢的拉丁气质相得益彰。她告诉耶格，这是她姐姐在去年二月的里约狂欢节时送给她的，她戴着它是为了给这次探险带来好运。

挂在印第安勇士长矛末端上的东西，正是莱蒂西亚·桑托斯的围巾。

耶格正忙着往背包里塞装备，说话又快又急。"第一，他们没有走水路，究竟是怎么走在我们前面的？第二，他们为什么要给我们看桑托斯的围巾？第三，为什么后来他们又那么干脆地消失了？"

"是为了警告我们，他们迟早会把我们都带走。"说话的是克拉尔，耶格注意到他脸上那标志性的微笑如今已被忧虑侵蚀，"情况正在迅速恶化。"

耶格没理他。虽然他完全赞成一定程度上的现实主义，但克拉尔有个坏习惯，他总是容易悲观消沉，他们现在必须保持积极的心态，保持专注。

如果在荒野深处不能保持乐观，他们就彻底完了。

他们把皮划艇上的装备卸到河岸上，搭起了一个临时营地。耶格继续以最快的速度重新打包他的装备。

"这意味着他们能准确知道我们的位置，"耶格说，"他们知道从哪里可以追踪到我们。这使得我们如何展开行动变得非常重要，必须要轻装上阵，快速行动。"

他瞥了一眼他们打算扔掉的防水布上的一堆装备，包括所有没用或多余的东西，比如降落伞、划船器具、备用武器等。"任何东西——我重复一遍——所有你不需要的东西，统统都藏起来。任何多余的负重，只要你拿不准，那就扔掉。"

耶格盯着停在泥滩上的皮划艇。"我们得把皮划艇折叠起来藏好。从现在开始，我们要步行前往目的地了。"

其他人点点头。

耶格瞥了戴尔一眼。"你们俩带一部卫星电话，用来和野狗传媒联络。我带一部。阿隆索，你再带一部。我们一共带三部欧星卫星电话，剩下的都藏起来。"

其他人咕哝着表示同意。

"伙计们，"他看着戴尔和克拉尔，"你们俩谁会用枪射击？"

戴尔耸耸肩。"我只玩过射击游戏。"

克拉尔朝戴尔的方向翻了个白眼。"我告诉你，在斯洛伐克，每个人都会学射击。在我的家乡，每个人都得会打猎，尤其是在山里。"

耶格竖起大拇指。"自己去拿一支突击步枪，外加六个备用弹匣。那是你们两个人的武器。你们俩最好在出发前把所有要带的东西重新分配一下，因为我知道你们还得拿摄像器材。"

耶格用手掂了一下纳洛芙的短刀，把它放到了要扔的装备中。虽然从理论上讲，这些藏起来的东西以后肯定会回来拿，所以要尽可能藏在一个大家都知道的地方。但事实上，他觉得谁也不会再回到这里来取回已经丢弃的东西。

其实，他觉得，没了就没了。

但他还是改变了主意，又把纳洛芙的短刀放回了随身携带的装备中。他也带上了 C-130 飞行员送给他的"暗夜潜行者"挑战币。对后面的行动来说，短刀和挑战币其实没有丝毫用处，但是耶格情感上不愿意舍弃它们。耶格就是这样的人，他非常迷信，相信某些没有依据的预兆，不会轻易丢弃对他个人而言有特定意义的东西。

"至少现在我们知道敌人是谁了，"他说，试图让大家振作起来，"他们不可能留下更直接的信息了——即使他们会写字也不会在泥滩上留下什么。"

"你认为那些印第安人是什么意思？"神岛广问，声音克制慎重，从容不迫，极具个人风格，"我想，或许可以从不同的角度来解读。"

耶格好奇地瞥了神岛广一眼。"桑托斯的围巾，绑在长矛上，插进泥滩里？我觉得这表达的意思非常清楚，那就是不要再往前走了，否则也会是相同的下场。"

"也许还有另一种解释。"神岛广大胆地说，"这未必是直白的威胁。"

阿隆索哼了一声。"不是才是怪事呢。"

耶格挥手让他安静。"那你认为他们是什么意思？"

"试着从他们的角度看问题，可能就能得到正确的答案。"神岛广大胆推测道，"我觉得那些印第安人可能是害怕了。在他们看来，我们肯定像来自另一个世界的外星人。我们从天上降到这个与世隔绝的世界中，乘着这些神奇的小船在水面上漂流，还带着能炸开河水的'雷电棒'。如果你从未见过这些，难道不会感到害怕吗？人类对恐惧最直接的反应，就是愤怒和反抗。"

耶格点点头。"继续说。"

神岛广扫了一眼其他人。他们都停下手头的工作听神岛广发言，或者，对戴尔来说，是抓着机会赶紧拍。

"我们知道，这个印第安部落只遭受过外来者的侵略，"神岛广接着说，"他们与外界仅有的几次接触，碰到的都是想伤害他们的人，比如伐木工、矿工或者其他想窃取他们土地的人。所以，他们为什么要对我们有不同的期待？"

"那我们应该怎么办呢？"耶格问。

神岛广平静地回答："我认为，或许我们应该做两手准备。一方面，我们要加倍警惕，尤其是等我们进入丛林后，那里都是他们的地盘。另一方面，我们要设法向部落的人证明，我们只想和他们友好相处。"

"真心换真心？"耶格问。

"真心换真心。"神岛广肯定地说，"赢得这个部落的人心还有一个好处，我们接下来还有一段漫长而艰难的旅程，没有人比印第安人更了解这片丛林了。"

"算了吧，神岛广，面对现实吧！"阿隆索质疑道，"他们抓了我们的人，可能已经煮熟吃掉了，我们难道还要去讨好他们？真想不出你到底来自哪个星球，但对我来说，我们必须以眼还眼，以牙还牙。"

神岛广微微鞠躬致意。"阿隆索先生，我们应该时刻准备以其人之道还治其人之身，有时候只能这么做。

但我们也应该时刻准备伸出友谊之手，有时候，这是更好的做法。"

阿隆索挠了挠脑袋。"伙计，我不知道……耶格，你说呢？"

"我们做两手准备吧，"耶格说，"随时准备开火，同时也不放弃与他们交好。但不要冒不必要的风险去吸引印第安人。不要犯之前犯过的错误。"

他指了指准备藏起来的装备："神岛广，从那些装备里挑一些你觉得印第安人可能会喜欢的东西，当作礼物，一起随身带着。设法让他们知道我们的善意。"

神岛广点点头。"我来选。雨衣、砍刀、做饭用的锅——偏远地区的原始部落肯定需要这些东西。"

耶格看了看表。"好了，现在是格林尼治标准时间下午两点整。我们还需要走一天半，才能到达那条通往悬崖下方的小路，走得快的话，时间可能更短些。现在出发，明天傍晚就能到那儿了。"

他拿出指南针，然后捡了些鹅卵石，准备像之前一样计算步数。"我们在丛林里行动，只能靠最古老的方法辨别方位，徒步前进。我想你们有些人，"他看着克拉尔和戴尔，"可能不熟悉这个技巧，所以跟紧点，但也不要跟得太近。"

　　耶格瞥了一眼其他人。"我不希望我们挤在一起，那样在别人眼里就是活靶子。"

第 二 十 三 章

奇异的啸声

徒步穿越丛林的过程非常顺利，和耶格想的一样。他们沿着断裂带的边缘走，脚下的地面石头多，比较干燥，树木也没那么茂密。因此，他们的行动取得了不错的进展。

在丛林里扎营休息的第一个晚上，他们就开始实施之前的计划——一边增加岗哨，一边设法向印第安人示好。

在军队那会儿，耶格曾多次参加过"真心换真心"行动，不管在哪儿执行任务，他都致力于与当地民众搞好关系。当地人对敌人的行动有更多的了解，而且也熟知追踪和伏击敌人的最佳路线。把他们拉拢到自己这边，对执行任务意义重大。

在神岛广的帮助下，耶格将为印第安人挑选的礼物，挂在他们临时营地视野范围之外的丛林树梢上。几把短刀，两把砍刀，几口锅——如果耶格是生活在偏远丛林中的原始部落的人，他会很喜欢这些东西。

他们没有浪费时间给印第安人留下类似乔·詹姆斯写过的那种便条。这种没和外界打过交道的印第安人估计看不懂上面的信息。第二天早上，他们发现给印第安人的礼物被拿走了，这对他们来说，是个好消息。

在他们原来挂礼物的地方，有人——大概是那些印第安人——留下了礼物：一些新鲜的水果，一对兽骨制成的护身符，甚至还有一个用美洲豹的皮做成的用来装吹箭的箭袋。

耶格很兴奋。看起来与印第安人和平接触还是很有希望的。即便如此，他还是不敢放松警惕。印第安人肯定离他们很近，并且一直跟着他们，这意味着威胁仍然真实存在。

　　耶格带着探险队抵达了第二个预定的临时营地，就位于那个高达一千英尺的悬崖边缘，旁边就是那条通往悬崖下方的小路。天黑前，他们终于找到了一个合适的地方露营。

　　他示意全队停止前进。探险队员们扔下背包，坐在上面，一言不发。耶格让他们花十分钟对丛林进行"监听观察"，认真查探任何潜在的威胁。

　　四周看起来安静得很。

　　之后，耶格示意大家可以扎营休息了。

　　夜色渐浓，为了不让印第安人通过灯光发现他们的确切位置，他们只能凭感觉继续干活。搭好帐篷后，耶格和神岛广打算再给那些印第安人放点礼物，但这次他们打算把礼物放在离营地更远的地方，以确保营地的安全。

　　耶格从背包里拿出他的雨衣，将它绑在四棵树之间，做成一个防水"屋顶"。然后，他换掉了被汗浸湿的衣服。探险队的每个人都带着一套干衣服，包括作战服、袜子等。晚上可以穿着干爽的衣服休息，利用这宝贵的几个小时，让疲惫的身体稍微恢复一下。

一天中能有一段时间穿着干爽的衣服，对在丛林中行动的人来说至关重要。如果一直穿着湿漉漉的衣服，皮肤就会在潮湿闷热的环境中迅速溃烂。

换上干衣服后，耶格把吊床挂在雨衣下面。吊床用降落伞布纯手工缝制，轻便、耐用还结实。降落伞布有两层，休息的时候，人躺在下面一层，上面一层则盖在人身上，把人包裹成一个密不透风的茧，这样既能防止蚊虫叮咬，又能保暖——夜间的丛林出奇地寒冷。

吊床两端的绳子上各有一个切成两半的球；平的那一面朝着树，可以防止水顺着绳子流下去，弄湿吊床的主体部分。耶格朝球后面的地方喷了强力驱虫剂，驱虫剂会渗入吊床的绳子里，防止昆虫爬进吊床。

他又把指南针塞进了自己的衣服口袋里。如果需要在夜间逃跑，他手头必须有这个重要装备。他的湿衣服被塞进一个塑料袋里，绑在背包的翻盖下。背包放在吊床下面，武器放在背包上。

如果需要在夜里拿枪，这样放很容易就能够到。

这次探险行动已经持续了六天，没有休息时间，还要时刻保持警惕，探险队里所有的人都疲惫不堪。但例行的湿衣—干衣程序必须遵守，这非常重要。多年的经验告诉耶格，在丛林中进行这样的远距离徒步探险，如果某个人因为太累或者嫌麻烦，没能及时换上干爽的衣服，那他就完蛋了。同样地，如果他们的干衣服因各种原因被打湿，就很有可能迅速患上壕沟足或者腹股沟溃烂等病痛，这些病痛会迅速拖慢一个人前进的步伐。

在躺到吊床上之前，耶格还给自己的脚趾间、腋下、腹股沟等最脆弱的部位涂抹了抗真菌粉末。这些部位往往容易藏污垢，湿气又不容易散发出来，很可能滋生细菌，开始感染溃烂。

到了第二天早上，耶格和他的队员们还要照例换上湿衣服，把干衣服收好，再在袜子和其他东西上涂上滑石粉，准备继续前进。这很麻烦，却是在这种条件下保持身体机能的唯一方法。

耶格最后检查了一下他贴在胸部的医用胶布。湿衣服不断摩擦身体，会把胸部的皮肤磨破。他剪下一些新胶布，贴在胸口，又把换下来的旧胶布塞进背包侧面的口袋里。他们留下的痕迹越少，就越难被人追踪。

做完这一切后，耶格又准备了今晚送给印第安人的礼物。他和神岛广像前一天晚上一样，把他们仅剩的礼物系在远处树林中低垂的树枝上，然后回到营地负责今天晚上的第一班哨。营地周围整晚都会有两双眼睛时刻警戒，岗哨每两个小时轮换一次。

耶格和神岛广安静下来，将注意力集中在他们的感官之上——主要是听觉和视觉，因为它们在感知危险方面最好用。在丛林深处生存的关键，就是要时刻保持警惕。

这有点类似冥想，将人的感官与夜晚黑暗的森林融为一体。耶格能感觉到，旁边的神岛广也在做相同的事。

他用心感受着环境的变化，对任何细微的动静都保持着高度的警惕。只要听到任何与昆虫在夜晚振翅时发出的震耳欲聋的嗡嗡声不同的声音，哪怕再微弱，他的眼睛也会立刻转向声音发出的方向，警惕着任何潜在的威胁。

当他和神岛广感觉到隐藏在黑暗中的微弱动静时，他的心情一下子紧张起来。灌木丛中传出来的每一个声音都让耶格心跳加速。奇怪的野兽般的叫声在丛林中回荡，耶格之前从未听到过这样的声音。他确信，今晚的声音中，有一些是人类发出的。

奇怪的、反常的、刺耳的尖叫声和哀号声在丛林中此起彼伏。丛林中很多动物确实会发出类似的叫声，尤其是猴群。但亚马孙土著部落在传递信号时也会如此发声。

"你听到了吗?"耶格低声问。

神岛广雪白的牙齿在微弱的月光下显得更加洁白。"是的。我听到了。"

"是动物吗? 还是印第安人?"

神岛广看着耶格。"我想是印第安人。也许他们非常喜欢我们的新礼物?"

"喜欢就好。"耶格喃喃着。

但那些叫喊声，耶格总觉得跟他以前听到过的任何欢呼声都不一样。

贝尔·格里尔斯的 生存秘籍

一、在野外山林中迷路怎么办？

1. STOP 口诀：

   S 代表 stop，先停下来；

   T 代表 take your time，冷静思考当前的局势；

   O 代表 observe，观察周围环境，回忆经过的景观、河流、参天大树等等；

   P 代表 plan，快速制订一个计划，我认为最有效的办法就是走回头路。

2. 如果找不到路，可以跟着水流下山，寻找河流，有河流的地方就有人群生活。

3. 太阳落山前，找到过夜的洞穴或搭建帐篷，架起篝火。

4. 抓一把颜色相近的石子，在走路时抛下，留下踪迹，避免走重复的路。

二、森林觅食找什么？

1. 森林里最好的食物是虫子和蛴螬，听起来让人毛骨悚然，但是它们拥有丰富的蛋白质，数量众多，容易获得，不会浪费体力。

2. 所有长了毛的哺乳动物和鸟是可以吃的，但捕捉它们需要技巧、时间和力气，还有一定危险。

3. 蒲公英和马齿苋等野菜可以吃，它们很好认，就是味道很苦。

4. 不熟悉蘑菇的人千万不要靠近蘑菇，许多毒蘑菇没有对应的解药。

三、深陷沼泽怎么办？如何快速逃离沼泽？

1. 身体保持水平，而不是垂直。使自己的身体与沼泽的接触面变大，达到浮在泥上的效果。

2. 轻轻动腿，让双脚和泥土中有空间让水渗入，小幅度向来时的路移动。

四、如何求救？

发出国际通用求救信号 SOS（任何物体排成的 SOS）！施放信号的地点，要选择在制高点。根据自身的情况和周围的环境条件，发出不同的求救信号。

1. 用能发出声响的设备或者手电筒的灯光发送三短三长三短的信息，间隔一分钟之后再次发送。

2. 在支架上安置火种，这样可以使火种与潮湿的地面分开，放置更多的燃料。生三堆火，使之围成三角形（国际通用的受困信号），或者排成直线，每堆火之间相距大约二三米，在火上覆盖新鲜的树叶，发出浓烟。不可能让所有的信号火种整天燃烧，但应随时准备妥当，使燃料保持干燥，一旦有飞机路过，就尽快点燃求助。火堆的燃料要易于燃烧。

3. 在比较开阔的地面，如草地、海滩、雪地上可以制作地面标志。如在雪地上踩出一定的标志，用树枝拼成一定的标志，来与空中取得联络。

4. 把一面旗子或一块色彩鲜艳的布料系在木棒上，在左侧长挥，右侧短挥，加大动作的幅度，做8字形运动。

5. 可以大声呼喊，也可以借助其他物品发出声音，比如用斧子敲打树木。

6. 利用阳光和一个反射镜即可反射出信号光。任何明亮的材料都可加以利用，如罐头盒盖、玻璃、一片金属片，有镜子当然更加理想。注意天空，如果有飞机靠近，就快速反射出信号光。这种光线会使营救人员目眩，所以一旦确定自己已被发现，应立刻停止反射光线。

致 谢

特别感谢 PFD 出版社的文稿代理人卡罗琳·米歇尔、安娜贝尔·梅鲁洛和劳拉·威廉姆斯，感谢她们为支持本书出版付出的努力。感谢乔恩·伍德、杰迈玛·弗雷斯特，以及奥利安出版社的马尔科姆·爱德华兹、马克·拉什和利安娜·奥利组成的"格里尔斯团队"。

感谢雅芳防护公司的哈米什·德·布雷顿·戈登、奥利·莫顿和伊恩·汤普森，感谢他们在生化武器、核武器等领域的防护措施方面为本书提供了宝贵的建议和专业知识。感谢克里斯·丹尼尔和英国混合航空飞行器公司的所有人，感谢他们在飞行器空降方面提出的见解和专业知识指导。感谢保罗·谢拉特和安妮·谢拉特在历史知识方面提供的建议和指导。感谢威塞克斯自闭症协会的鲍勃·朗德斯提供的关于自闭症和自闭症谱系障碍患者的建议。感谢彼得·希姆从年轻人的角度对这本书的手稿提出的建议。感谢军官阿什·亚历山大·库珀提供的军事技术建议。

最后特别感谢达米安·刘易斯，在发现我祖父的"绝密"战争材料后，我在他的协助下，创作了这部小说。在这样一个现代背景下，给那些第二次世界大战期间的文件、备忘录和文物赋予非凡的意义。